BIBLIOTECA
STEP KID

HEN
NG

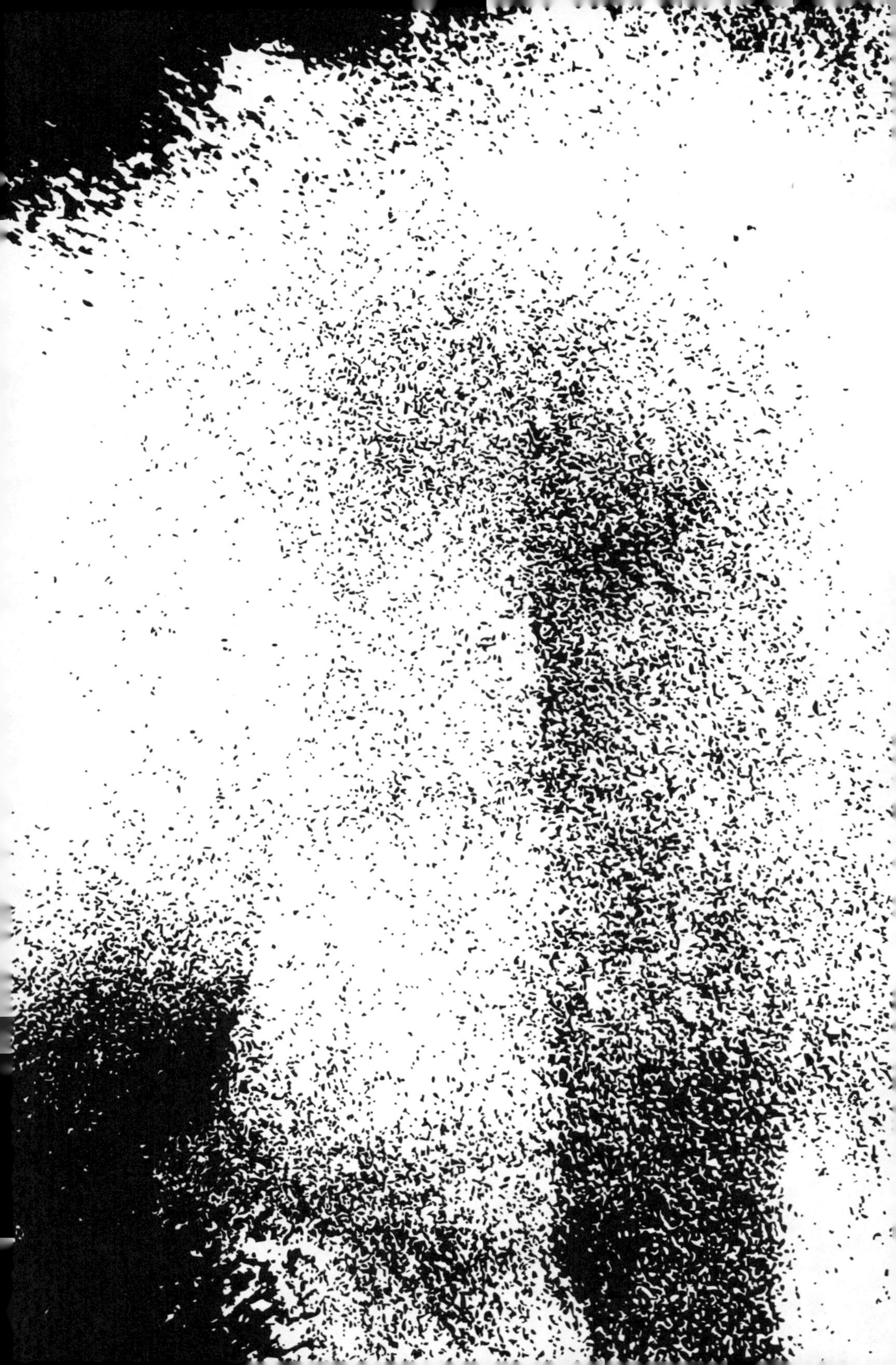

A HORA DO LOBISOMEM

STEPHEN KING

Ilustrações de Bernie Wrightson

TRADUÇÃO
Regiane Winarski

8ª reimpressão

Copyright © 1983 by Stephen King
Copyright das ilustrações © Bernie Wrightson, 1983
Publicado mediante acordo com o autor através da The Lotts Agency.

Grafia atualizada segundo o Acordo Ortográfico da Língua Portuguesa de 1990, que entrou em vigor no Brasil em 2009.

Título original
The Cycle of the Werewolf

Capa
Alceu Chiesorin Nunes

Imagem de capa
Enrique Alaez Perez/ Shutterstock

Imagem de quarta capa
Valentyna Chukhlyebova/ Shutterstock

Preparação
Carolina Vaz

Revisão
Marina Nogueira
Luciana Baraldi

Dados Internacionais de Catalogação na Publicação (CIP)
(Câmara Brasileira do Livro, SP, Brasil)

King, Stephen
    A hora do lobisomem / Stephen King ; ilustrações Bernie Wrightson ; tradução Regiane Winarski. – 1ª ed. – Rio de Janeiro : Suma, 2017.

    Título original: The Cycle of the Werewolf.
    ISBN 978-85-5651-040-2

    1. Contos de terror – Literatura norte-americana I. Wrightson, Bernie. II. Título.

17-04335   CDD-813

Índice para catálogo sistemático:
1. Contos : Literatura norte-americana   813

Todos os direitos desta edição reservados à
EDITORA SCHWARCZ S.A.
Praça Floriano, 19, sala 3001 – Cinelândia
20031-050 – Rio de Janeiro – RJ
Telefone: (21) 3993-7510
www.companhiadasletras.com.br
www.blogdacompanhia.com.br
facebook.com/editorasuma
instagram.com/editorasuma
twitter.com/suma_BR

Em memória de Davis Grubb
e The Voices of Glory

Na escuridão fétida sob o celeiro, ele ergueu a cabeça peluda. Os olhos amarelos e estúpidos brilharam. "Sinto fome", sussurrou.
— HENRY ELLENDER
The Wolf

*Trinta dias tem setembro,
abril, junho e novembro,
vinte e oito ou vinte e nove terá um,
e todos os outros, trinta e um.
Chuva e neve e sol ardendo,
e a lua a cada mês vai crescendo.*
— RIMA INFANTIL

JANEIRO
FEVEREIRO
MARÇO
ABRIL
MAIO
JUNHO
JULHO
AGOSTO
SETEMBRO
OUTUBRO
NOVEMBRO
DEZEMBRO

JANEIRO

WRIGHTSON 1983

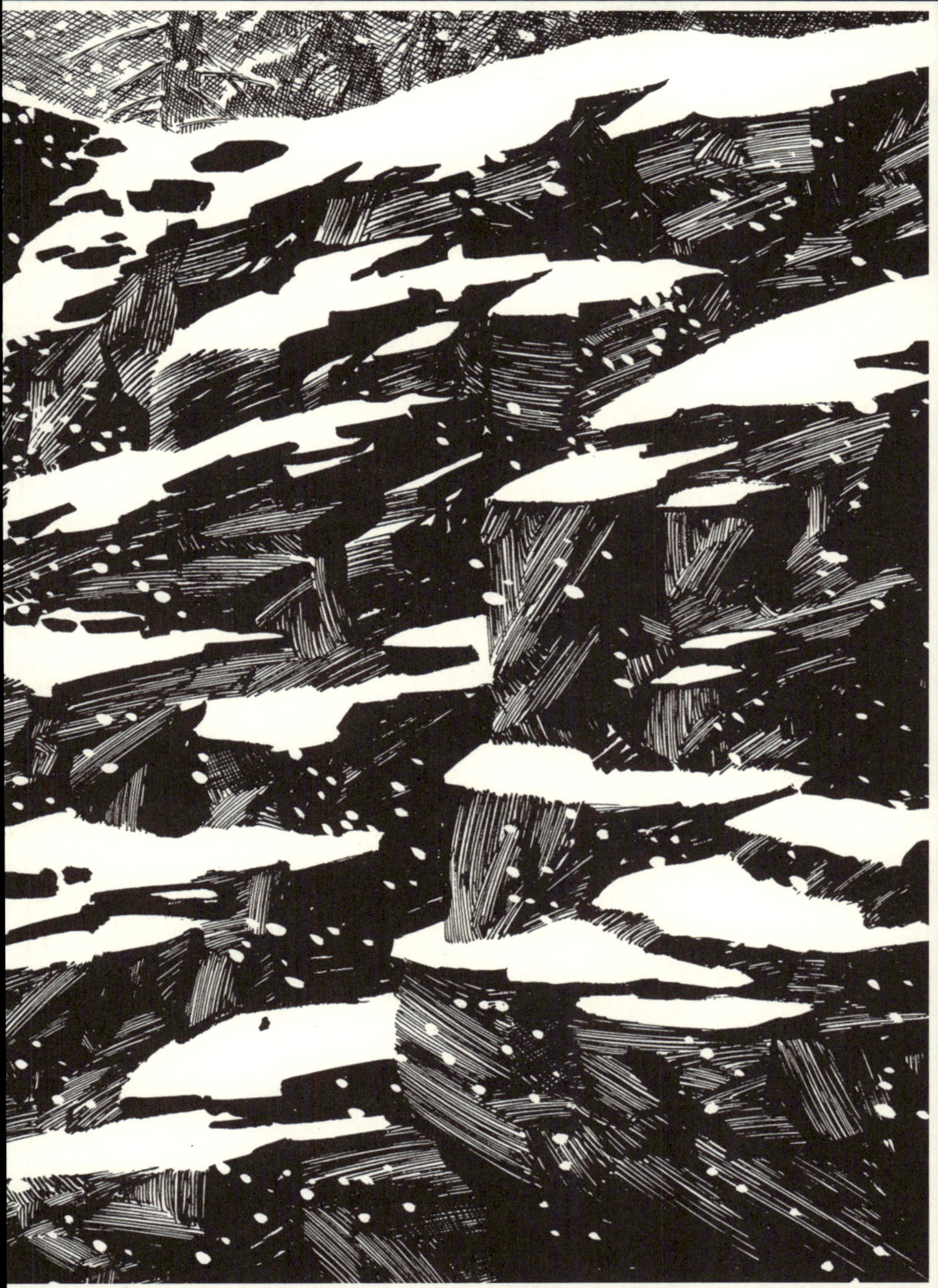

Em algum lugar lá no alto, a lua brilha, gorda e cheia — mas aqui, em Tarker's Mills, uma nevasca de inverno sufocou o céu com neve. O vento sopra com força pela deserta avenida Center; os limpadores de neve laranja da cidade já desistiram faz tempo.

Arnie Westrum, sinaleiro na Ferrovia GS&WM, ficou preso no pequeno barracão de ferramentas e sinalizadores a quinze quilômetros da cidade; com o carrinho ferroviário movido a gasolina bloqueado pela neve, ele está esperando que a tempestade passe, jogando paciência com um maço de cartas sujas. Do lado de fora, o vento piora até se transformar em um grito agudo. Westrum levanta a cabeça, inquieto, e olha para o jogo novamente. É só o vento, afinal...

Mas o vento não arranha portas... nem chora, pedindo para entrar.

Ele se levanta, um homem alto e magro de jaqueta de lã e macacão da ferrovia, um Camel pendurado no canto da boca, o rosto marcado da Nova Inglaterra iluminado em tons suaves de laranja pelo lampião de querosene pendurado na parede.

Ouve o arranhar de novo. *O cachorro de alguém*, ele pensa, *perdido e querendo entrar. É só isso...* Mas, mesmo assim, ele hesita. Seria desumano deixar o animal lá fora, no frio, ele pensa (não que esteja muito mais quente ali dentro; apesar do aquecedor a bateria, ele consegue ver seu hálito condensando), mas hesita mesmo assim. Uma pontada fria de medo o cutuca logo abaixo do coração. Foi uma temporada péssima em Tarker's Mills; houve presságios de coisas ruins na região. Arnie tem o sangue galês do pai correndo nas veias e não gosta daquela sensação.

Antes que ele possa decidir o que fazer sobre o visitante, o choramingo baixo se transforma em um rosnado. Um baque soa quando uma coisa

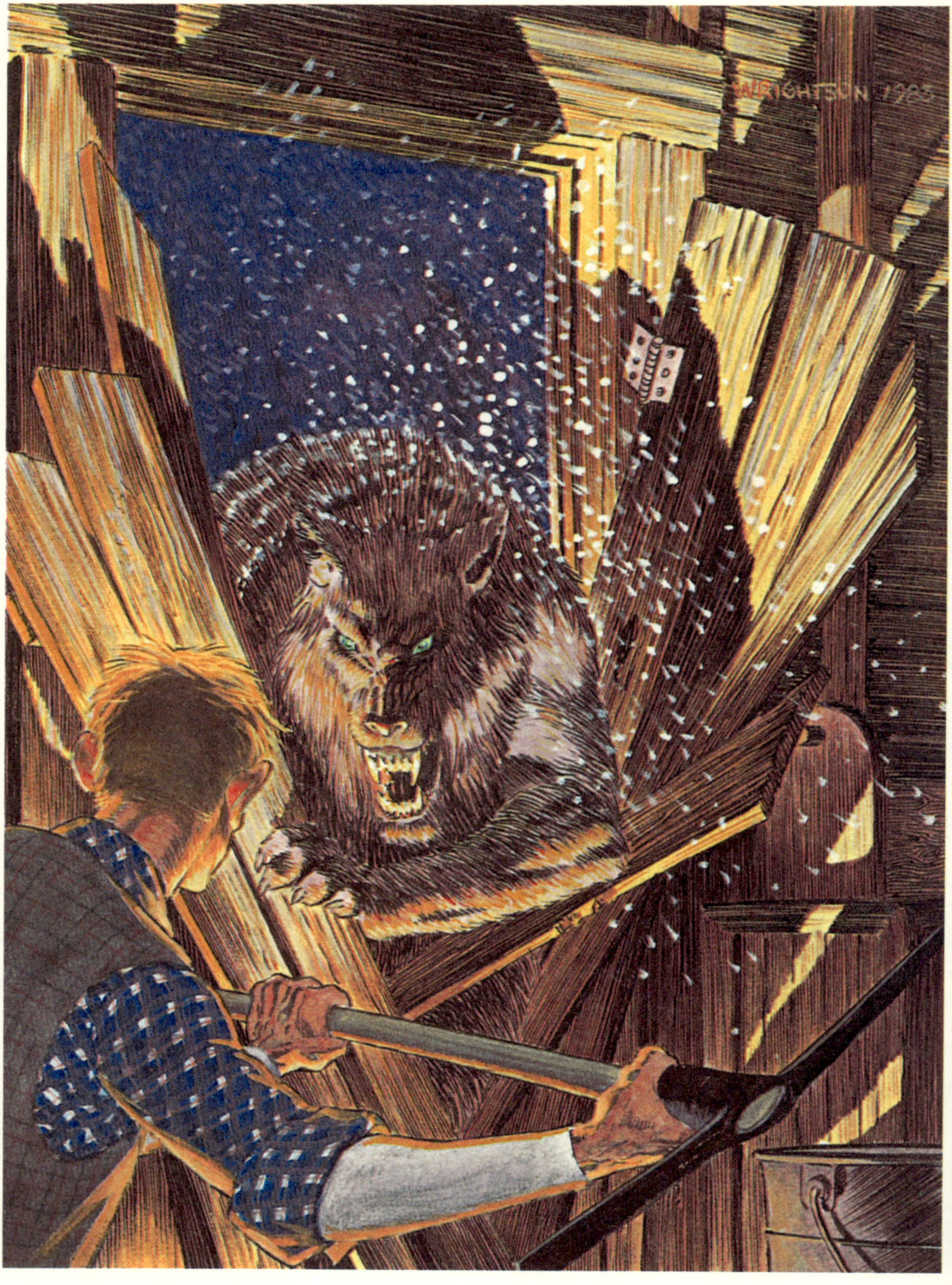
WRIGHTSON

incrivelmente pesada bate na porta... recua... bate de novo. A porta treme na moldura, e um borrifo de neve entra pelas frestas.

Arnie Westrum olha ao redor, procurando alguma coisa com que escorar a porta, mas, antes mesmo que consiga esticar a mão para a cadeira frágil em que estava sentado, a coisa que rosna atinge a porta de novo com força incrível, rachando-a de cima a baixo.

A porta fica no lugar por mais um momento, curvada em torno da linha vertical, e, enfiado nela, investindo e atacando, com o focinho franzido em um rosnado e olhos amarelos ardentes, está o maior lobo que Arnie já viu...

E os rosnados soam terrivelmente como palavras humanas.

A porta racha, geme, cede. Em um momento, a coisa vai entrar.

No canto, em meio a um amontoado de ferramentas, há uma picareta encostada à parede. Arnie pula na direção dela e a pega quando o lobo entra e se prepara para dar o bote, os olhos amarelos e brilhantes encarando o homem encurralado. As orelhas estão para trás, triângulos peludos. A língua está pendurada. Atrás dele, a neve entra pela porta partida no meio.

O lobo salta com um rosnado, e Arnie Westrum ataca com a picareta.

Uma vez.

Lá fora, a luz débil do lampião brilha oscilante na neve através da porta quebrada.

O vento sopra e uiva.

Os gritos começam.

Uma criatura chegou a Tarker's Mills, tão sorrateira quanto a lua cheia presidindo o céu noturno. É o Lobisomem, e não há mais motivo para o surgimento dele do que haveria para a chegada de um câncer ou de um psicótico com intenções assassinas ou de um tornado devastador. A hora dele é agora, o lugar dele é aqui, nesta pequena cidade do Maine, onde jantares de caridade na igreja são um evento semanal, onde garotinhos e garotinhas ainda levam maçãs para as professoras, onde as Excursões na Natureza do Clube dos Cidadãos Idosos são religiosamente relatadas no jornal semanal. Semana que vem, haverá notícias de natureza mais sombria.

Lá fora, as pegadas da criatura são cobertas pela neve, e o uivo do vento parece selvagem de prazer. Não tem nada de Divino ou de Luz naquele som insensível; só há o inverno sombrio e o gelo escuro.

O ciclo do Lobisomem começou.

JANEIRO
FEVEREIRO
MARÇO
ABRIL
MAIO
JUNHO
JULHO
AGOSTO
SETEMBRO
OUTUBRO
NOVEMBRO
DEZEMBRO

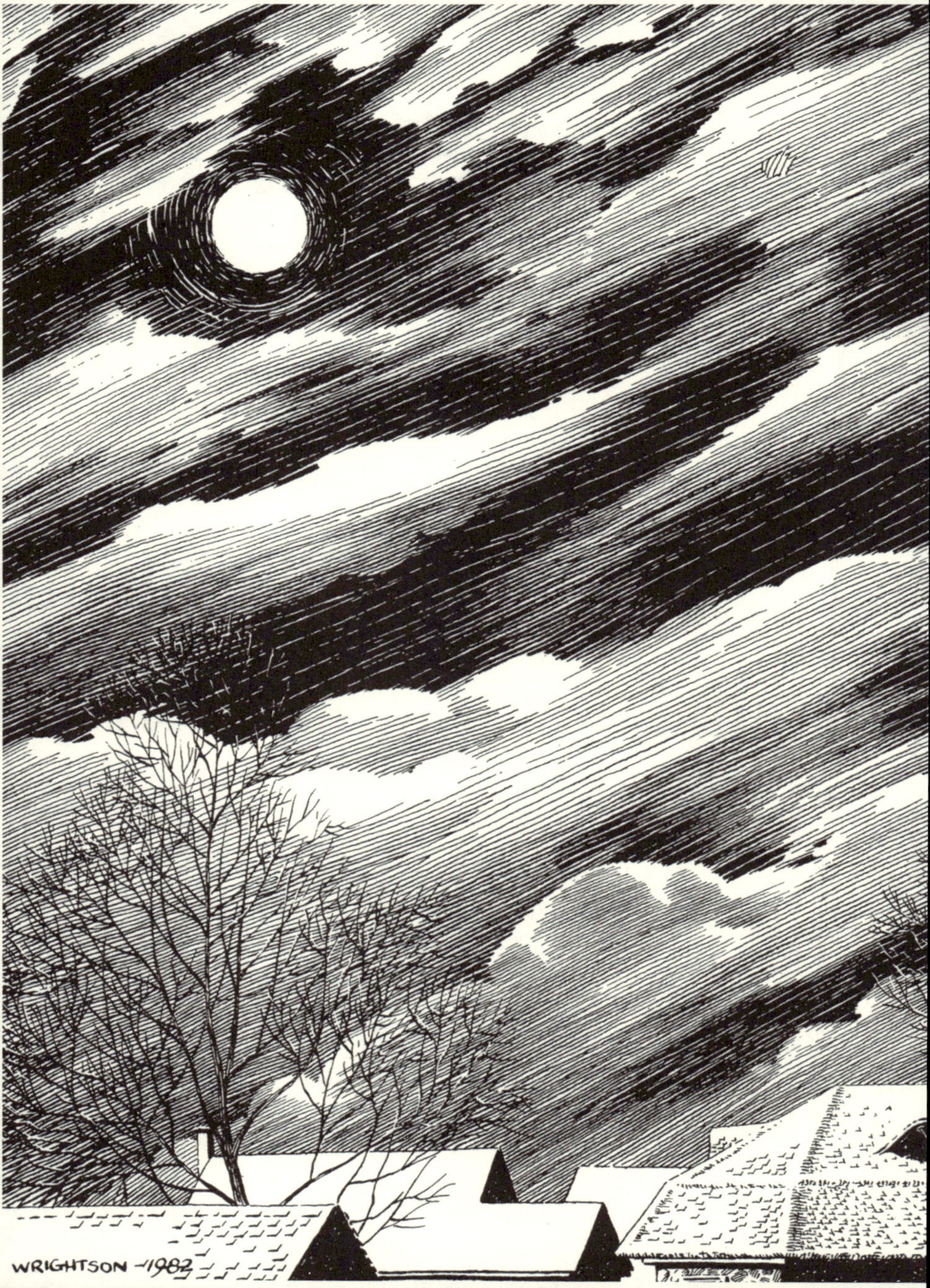
WRIGHTSON -1982

FEVEREIRO

O amor, Stella Randolph pensa, se deitando na cama estreita de solteira, enquanto a luz azul e fria da lua cheia entra pela janela naquele Valentine's Day, o dia dos namorados.

Ah, amor amor amor, o amor seria...

Este ano, Stella Randolph, dona do Set 'n Sew de Tarker's Mills, recebeu vinte cartões de dia dos namorados: um de Paul Newman, um de Robert Redford, um de John Travolta... e até um de Ace Frehley, da banda de rock Kiss. Eles estão abertos na escrivaninha do outro lado do quarto, iluminados pelo luar azul e frio. Ela os mandou para si mesma, como faz todo ano.

O amor seria como um beijo ao amanhecer... ou o último beijo, o verdadeiro, no final de um romance da Harlequin... o amor seria como rosas no crepúsculo...

Riem dela em Tarker's Mills, sim, sem dúvida. As crianças fazem piadas e acobertam risadinhas (e, às vezes, se estiverem em segurança do outro lado da rua e o policial Neary não estiver por perto, eles cantarolam *gorda-gorda-parece-um-caminhão* em soprano debochado, doce e agudo), mas ela entende de amor e entende da lua. A loja está dando prejuízo, e Stella está pesada demais, mas agora, nesta noite de sonhos com a luz azul e amarga da lua entrando pelas janelas cobertas de geada, parece que o amor ainda é uma possibilidade, o amor e o aroma de verão enquanto *ele* vem...

O amor seria como o toque áspero da bochecha de um homem, arrastando e arranhando...

De repente, alguma coisa arranha a janela.

Ela se apoia nos cotovelos, a coberta escorregando pelos seios fartos. O luar foi bloqueado por uma forma escura — amorfa, mas claramente

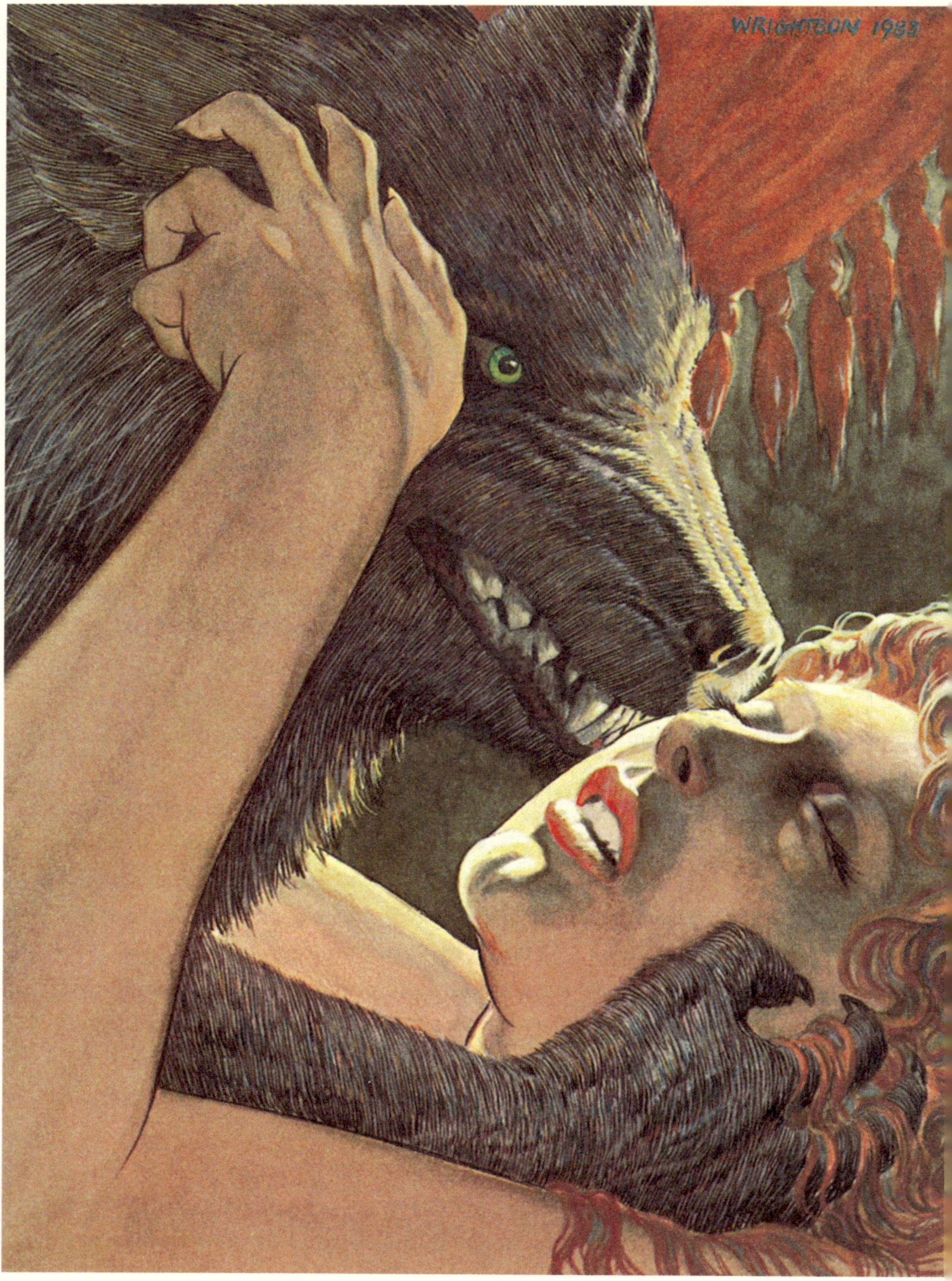
WRIGHTSON 1983

masculina —, e ela pensa: *Estou sonhando... E, nos meus sonhos, vou deixar que ele venha... Nos meus sonhos, vou me entregar.* Usam a palavra sujo, mas a palavra é limpo, a palavra é certo; o amor seria como uma entrega total.

Ela se levanta, convencida de que está sonhando, porque *tem* um homem agachado lá fora, um homem que ela *conhece*, um homem por quem ela passa na rua quase todos os dias. É...

(*o amor, o amor está chegando, o amor chegou*)

Mas, quando os dedos gorduchos tocam no caixilho frio da janela, ela vê que não é um homem; há um animal lá fora, um lobo enorme e peludo, as patas da frente apoiadas no parapeito, as de trás encolhidas na neve que se acumula naquele lado da casa, aqui, nos arredores da cidade.

Mas é dia dos namorados, e vai ter amor, ela pensa; os olhos a enganaram mesmo no sonho. É um homem, *aquele* homem, e ele é maliciosamente lindo.

(*malícia, sim, o amor seria cheio de malícia*)

E ele chegou nesta noite enluarada e vai levá-la. Ele vai...

Ela abre a janela, e é o sopro de ar frio sacudindo a camisola azul e fina que alerta que *não é um sonho*. O homem sumiu, e com uma sensação de tontura, ela percebe que ele nunca esteve ali. Stella dá um passo trêmulo para trás, e o lobo pula tranquilamente para dentro do quarto e se sacode, espirrando um borrifo sonhador de neve na escuridão.

Mas o amor! O amor é como... é como... como um grito...

Tarde demais, ela se lembra de Arnie Westrum, massacrado no barracão da ferrovia a oeste da cidade apenas um mês antes. Tarde demais...

O lobo anda na direção dela, os olhos amarelos brilhando de desejo frio. Stella Randolph recua lentamente na direção da cama estreita de solteira até a parte de trás dos joelhos gorduchos baterem no estrado e ela cair no colchão.

O luar cria um rastro prateado no pelo farto da criatura.

Na escrivaninha, os cartões de dia dos namorados tremem por um momento na brisa vinda da janela aberta; um deles cai e ziguezagueia preguiçosamente até o chão, cortando o ar em grandes arcos silenciosos.

O lobo coloca as patas na cama, dos dois lados de Stella, e ela consegue sentir o hálito dele... quente, mas não exatamente desagradável. Os olhos amarelos se concentram nela.

— Meu amor — sussurra ela, e fecha os olhos.
O lobo cai sobre ela.
O amor é como morrer.

JANEIRO
FEVEREIRO
MARÇO
ABRIL
MAIO
JUNHO
JULHO
AGOSTO
SETEMBRO
OUTUBRO
NOVEMBRO
DEZEMBRO

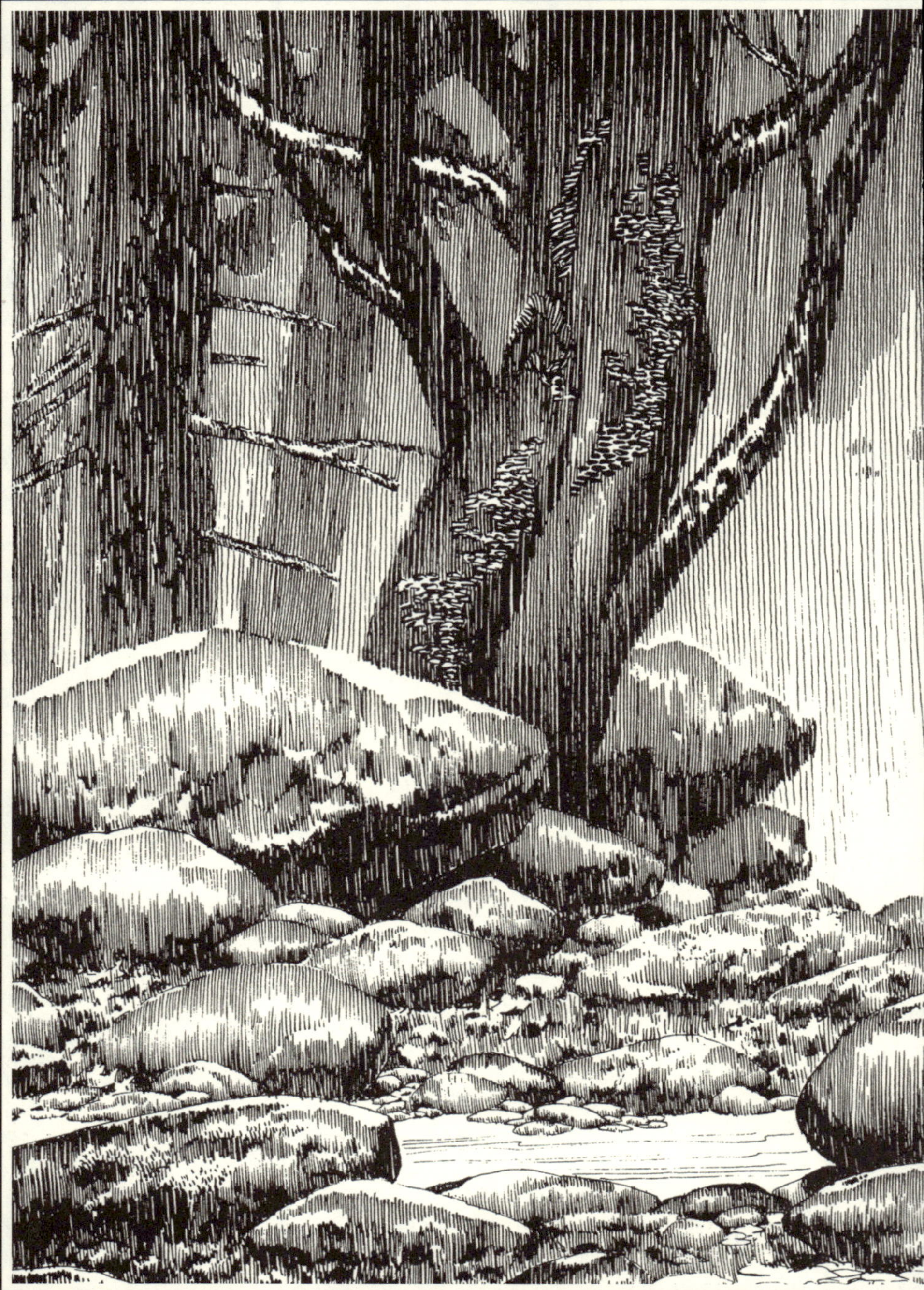

MARÇO

A última nevasca do ano, neve úmida e pesada virando geada quando o crepúsculo chega e a noite se aproxima, derrubou galhos em toda Tarker's Mills, com os estalos altos feito tiros de madeira quebrada. A mãe natureza está podando as árvores, diz Milt Sturmfuller, o bibliotecário da cidade, para a esposa enquanto tomam café. Ele é um homem magro com cabeça estreita e olhos azul-claros, e mantém a esposa bonita e silenciosa em uma prisão de terror há doze anos. Algumas pessoas desconfiam da verdade; a esposa do policial Neary, Joan, é uma delas. Mas a cidade pode ser um lugar sombrio, e ninguém além deles tem certeza. A cidade guarda seus segredos.

Milt gosta tanto da frase que fala de novo: É, a mãe natureza está podando as árvores... E as luzes se apagam, e Donna Lee Sturmfuller dá um gritinho sufocado. Ela também derrama o café.

Limpe isso, diz o marido friamente. Limpe isso... agora.

Sim, querido. Tudo bem.

No escuro, ela procura um pano de prato para limpar o café derramado e bate com o tornozelo em um banquinho. Dá um grito. No escuro, o marido ri com vontade. Ele acha a dor da esposa mais engraçada que qualquer outra coisa, exceto talvez as piadas do Reader's Digest. Aquelas piadas — Humor de Uniforme, A vida nesses Estados Unidos — realmente mexem com ele.

Assim como as árvores, a mãe natureza podou alguns cabos elétricos em Tarker Brook nessa noite tensa de março; o granizo cobriu os fios grandes, que foram ficando cada vez mais pesados, até se partirem e caírem na estrada como um ninho de cobras, se contorcendo preguiçosamente e cuspindo fogo azul.

Toda Tarker's Mills mergulha na escuridão.

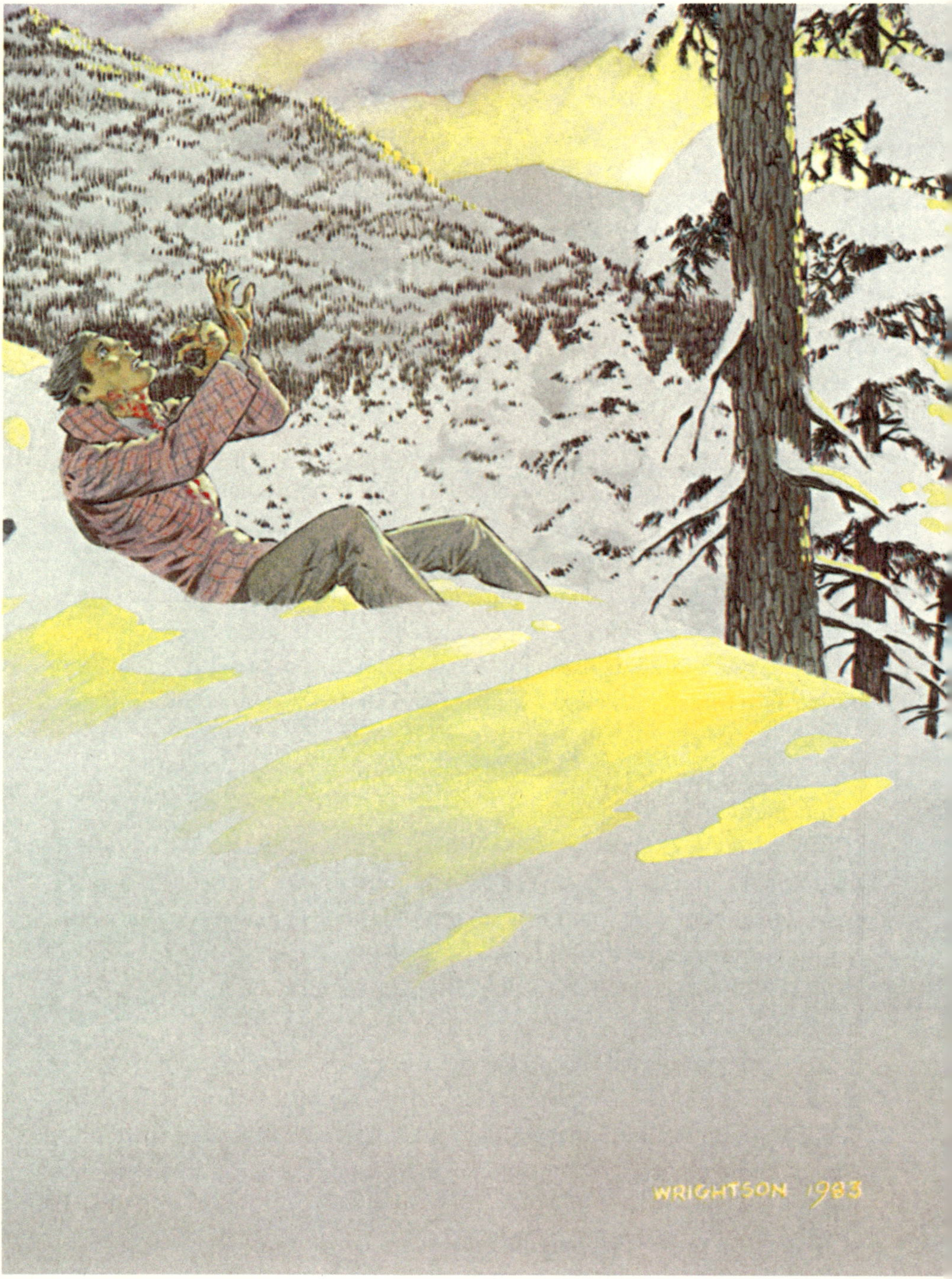
WRIGHTSON 1983

Como se satisfeita, a tempestade começa a perder força, e pouco antes da meia-noite a temperatura já despencou de um grau para nove negativos. A neve derretida volta a se solidificar em esculturas esquisitas. O campo de feno de Old Man Hague, conhecido pelos moradores como Campo de Quinze Hectares, assume uma aparência de cobertura rachada. As casas ficam às escuras; fornalhas a óleo estalam e esfriam. Nenhum técnico consegue se deslocar pelas ruas escorregadias.

As nuvens se abrem. A lua cheia surge entre as remanescentes. O gelo que cobre a rua principal brilha como osso morto.

Nessa noite, todos na cidade ouvem um uivo.

Mais tarde, ninguém vai saber dizer de onde o som veio; foi de todo lado e de lado nenhum, enquanto a lua cheia pintava as casas escurecidas do vilarejo, de todo lado e de lado nenhum, enquanto o vento de março começava a crescer e a gemer como um berserker morto soprando seu chifre, e se espalhou com o vento, solitário e selvagem.

Donna Lee escuta enquanto o desagradável marido dorme o sono dos justos ao seu lado; o policial Neary ouve quando para junto à janela do quarto do seu apartamento na rua Laurel apenas de ceroula; Ollie Parker, o diretor gordo e ineficiente da escola de ensino fundamental, escuta no quarto; outros escutam também. Um deles é um garoto de cadeira de rodas.

Ninguém vê. E ninguém sabe o nome do andarilho que o técnico encontra na manhã seguinte, quando finalmente chega a Tarker Brook para consertar os fios partidos. O andarilho estava coberto de gelo, com a cabeça virada para trás em um grito silencioso, um casaco maltrapilho e a camisa embaixo rasgada a dentadas. O andarilho estava deitado em uma poça congelada do próprio sangue, olhando para os fios caídos, as mãos eternizadas em um gesto de proteção, com gelo acumulado entre os dedos.

E, ao redor dele, há marcas de pegadas.

Pegadas de lobo.

JANEIRO
FEVEREIRO
MARÇO
ABRIL
MAIO
JUNHO
JULHO
AGOSTO
SETEMBRO
OUTUBRO
NOVEMBRO
DEZEMBRO

ABRIL

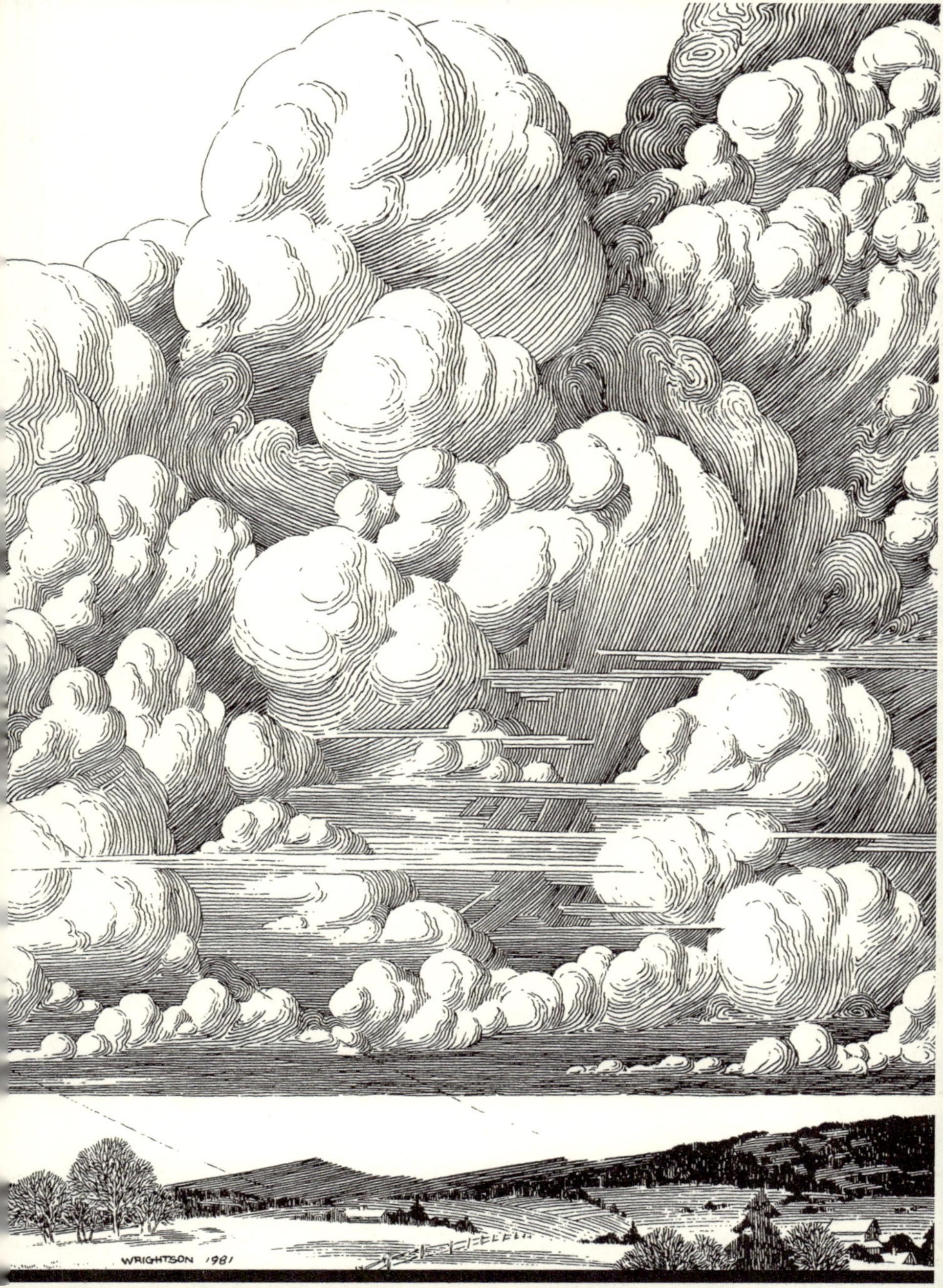
WRIGHTSON 1981

No meio do mês, as últimas lufadas de neve viraram chuva, e uma coisa incrível está acontecendo em Tarker's Mills: a cidade está começando a ficar verde. O gelo que cobria o lago das vacas de Matty Tellingham sumiu, e a neve na área arborizada chamada Big Woods começou a rarear. Parece que o velho e maravilhoso truque vai acontecer de novo. A primavera vai chegar.

O povo comemora de maneira simples, apesar da sombra que paira sobre a cidade. Vovó Hague faz tortas e as coloca no peitoril da janela para esfriarem. No domingo, na Igreja Batista da Graça, o reverendo Lester Lowe lê do Cântico de Salomão e faz um sermão intitulado "A primavera do amor do Senhor". Em uma nota mais secular, Chris Wrightson, o maior bêbado de Tarker's Mills, toma seu Grande Porre de Primavera e sai cambaleando sob a luz prateada e irreal da lua quase cheia de abril. Billy Robertson, barman e proprietário do único bar de Tarker's Mills, o vê ir embora e murmura para a garçonete:

— Se aquele lobo atacar alguém hoje, vai ser o Chris.

— Não fale nisso — responde a mulher, tremendo. O nome dela é Elise Fournier, tem vinte e quatro anos e frequenta a Igreja Batista da Graça e canta no coral porque tem uma quedinha pelo reverendo Lowe. Mas planeja ir embora de Mills no verão; independentemente do que sente, os ataques do lobo começaram a lhe dar medo. Elise começou a pensar que talvez as gorjetas sejam melhores em Portsmouth… e os únicos lobos lá usavam uniforme de marinheiro.

As noites em Tarker's Mills — conforme a lua vai enchendo pela terceira vez naquele ano — estão se tornando momentos de desconforto… Os dias são melhores. Na praça da cidade, o céu fica lotado de pipas durante as tardes.

Brady Kincaid, de onze anos, ganhou de aniversário uma pipa em forma de águia e perdeu a noção do tempo com o prazer de senti-la puxar em suas mãos como uma coisa viva, vendo-a mergulhar e voar pelo céu azul acima do coreto. Ele perdeu a hora do jantar e não percebeu que os outros soltadores de pipa foram embora um a um, com suas pipas-caixa e pipas-raias bem presas debaixo dos braços, nem que agora está sozinho.

São a luz do dia cada vez mais fraca e as sombras azuis avançando que finalmente fazem Brady perceber que ficou tempo demais ali; isso e a lua subindo acima do bosque na beirada do parque. Pela primeira vez, é uma lua de tempo quente, inchada e laranja em vez de branca e fria, mas Brady não repara nisso; ele só percebe que ficou tempo demais, que o pai vai dar uma surra nele... e que a noite está chegando.

Na escola, ele riu das histórias fantasiosas dos colegas sobre o lobisomem que dizem ter matado o andarilho mês passado, Stella Randolph dois meses antes e Arnie Westrum três meses atrás. Mas não ri agora. Quando a lua transforma o crepúsculo de abril em um brilho sangrento de fornalha, as histórias parecem bem reais.

Brady começa a enrolar a linha na carretilha o mais rápido que consegue, arrastando a águia com olhos vermelhos do céu que escurece. Puxa rápido demais, e a brisa morre de repente. Como resultado, a pipa mergulha atrás do coreto.

Ele segue naquela direção, enrolando a linha conforme anda, olhando com nervosismo por cima do ombro... E, de repente, a linha começa a tremer e se mover na sua mão, balançando de um lado para outro. Faz com que pense na sensação da vara de pescar quando pega um peixe grande no riacho Tarker, acima de Mills. Ele olha, franze a testa, e a linha fica inerte.

Um rugido explosivo enche a noite de repente, e Brady Kincaid grita. Ele acredita *agora*, sim, acredita *agora* mesmo, mas é tarde demais, e o grito dele se perde no rugido que cresce gradualmente, repentino e sinistro, até virar um uivo.

O lobo está indo na direção do menino, correndo em duas patas, o pelo desgrenhado pintado de laranja pelo luar, os olhos como faróis verdes e intensos, e, em uma pata, uma pata com dedos humanos e garras onde devia haver unhas, está a pipa de Brady. Está balançando loucamente ao vento.

Brady se vira para correr, e braços secos o envolvem de repente; ele consegue sentir cheiro de sangue e canela, e é encontrado no dia seguinte encostado no Memorial de Guerra, sem cabeça e eviscerado, com a pipa em forma de águia na mão enrijecida.

A pipa treme, como se tentando ir para o céu, quando o grupo de buscas dá as costas, horrorizado e enojado. Treme porque a brisa começou a soprar. Treme como se soubesse que aquele seria um bom dia para empinar pipa.

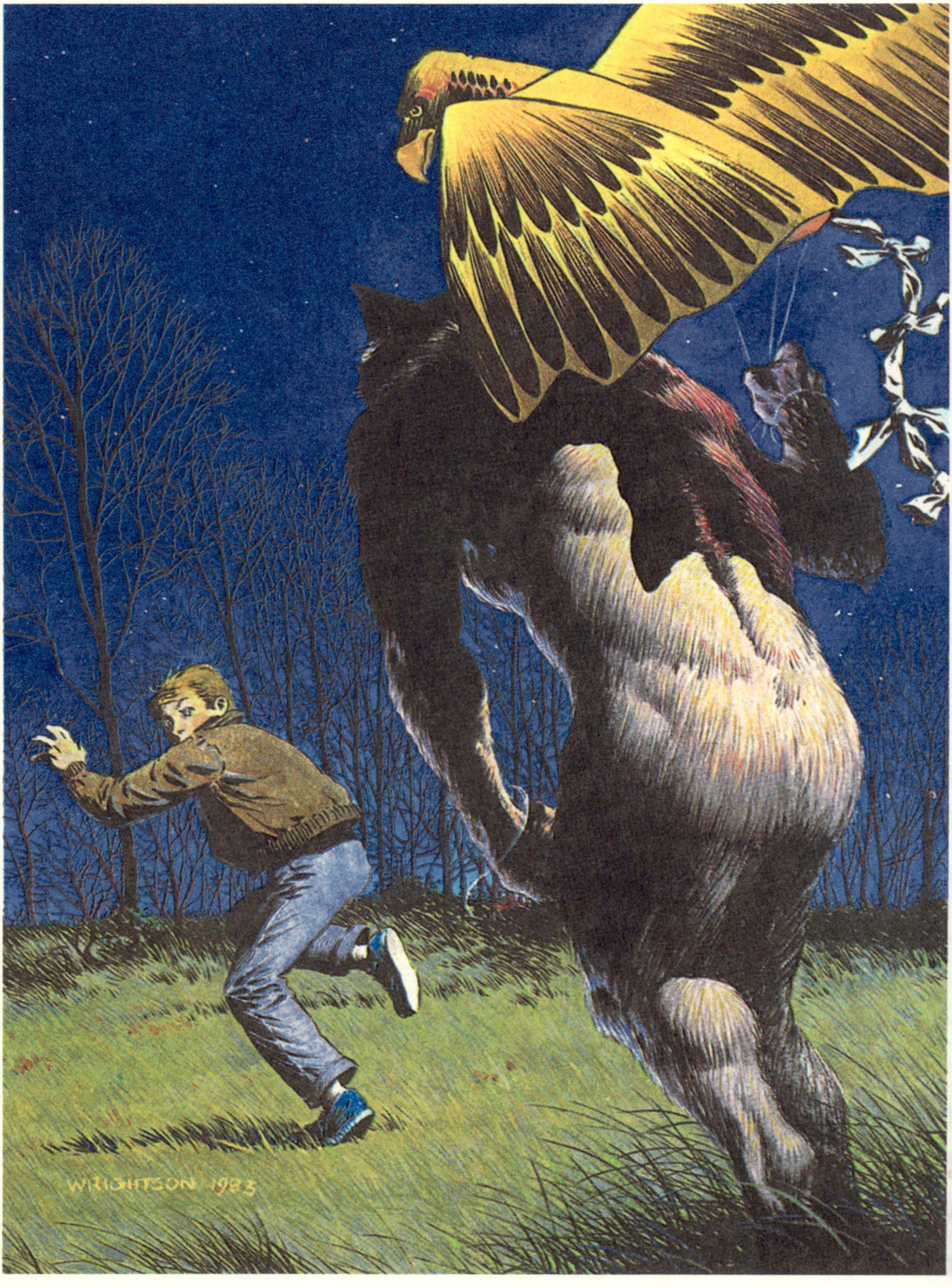
WRIGHTSON 1983

JANEIRO
FEVEREIRO
MARÇO
ABRIL
MAIO
JUNHO
JULHO
AGOSTO
SETEMBRO
OUTUBRO
NOVEMBRO
DEZEMBRO

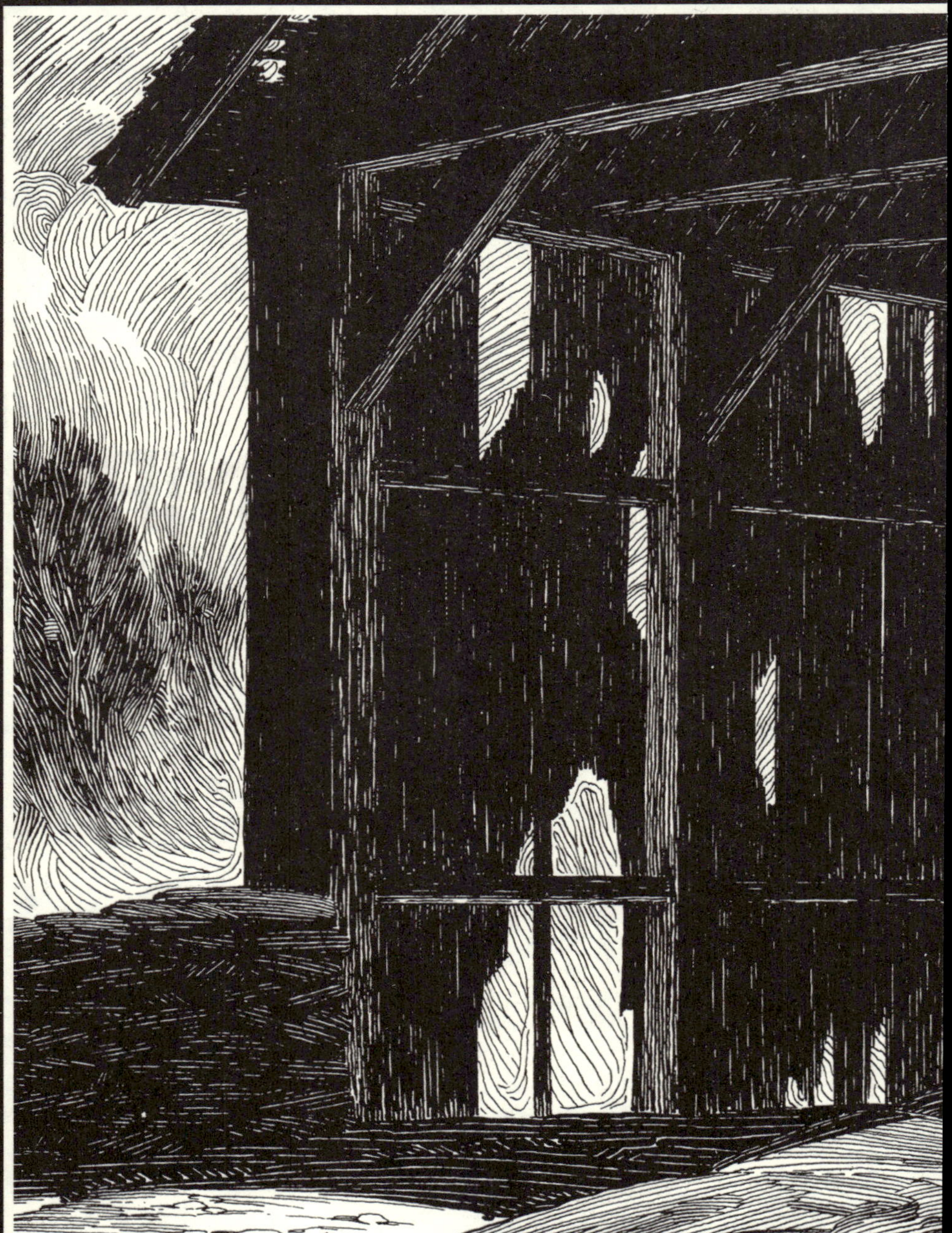

MAIO

Na noite anterior ao domingo de primavera na Igreja Batista da Graça, o reverendo Lester Lowe tem um sonho terrível do qual acorda tremendo, banhado de suor, olhando pelas janelas estreitas da residência paroquial. Por elas, do outro lado da rua, ele consegue ver sua igreja. O luar entra em raios prateados imóveis, e por um momento ele espera ver o lobisomem do qual os velhos ranzinzas andam cochichando. Ele fecha os olhos, implorando perdão pelo lapso supersticioso, e termina a oração sussurrando "em nome de Jesus, amém", como a mãe o ensinou a terminar todas as orações.

Ah, mas o sonho…

No sonho, já era o dia seguinte, e ele tinha feito o sermão de retorno. A igreja sempre fica lotada no primeiro domingo de primavera (só os mais velhos ainda chamam de domingo de retorno ao lar agora), e em vez de ver bancos quase ou totalmente vazios, como acontece na maioria dos domingos, todos os bancos estão cheios.

No sonho, ele está fazendo o sermão com um fogo e uma força que raramente alcança na vida real (ele tende a falar mecanicamente, o que pode ser um dos motivos para a frequência na Batista da Graça ter diminuído tão drasticamente nos últimos dez anos, mais ou menos). Naquela manhã, a língua parece ter sido tocada pelo Fogo Pentecostal, e ele percebe que está fazendo o melhor sermão de sua vida, e o assunto é o seguinte: A BESTA ANDA ENTRE NÓS. Ele fica repetindo isso sem parar, vagamente ciente de que sua voz ficou áspera e forte, que suas palavras alcançaram um ritmo quase poético.

A Besta, ele diz, está em toda parte. O Grande Satanás, ele diz, pode estar em qualquer lugar. Em um baile de debutante. Comprando um maço de Marlboro e um isqueiro Bic no Trading Post. De pé em frente à Brighton's

Drug, comendo salame e esperando chegar o ônibus das 16h40 de Bangor. A Besta pode estar sentada ao seu lado em um show ou comendo um pedaço de torta no Chat 'n Chew, na rua principal. A Besta, ele diz, baixando a voz para um sussurro latente, e nenhum olhar se desvia. Ele deixou todos hipnotizados. Cuidado com a Besta, pois ela pode sorrir e dizer que é sua vizinha, mas, ah, irmãos, os dentes são afiados, e é possível perceber a inquietação no movimento dos olhos dela. Ela é a Besta e está aqui, agora, em Tarker's Mills. Ela...

Mas nesse ponto ele para, a eloquência sumindo, porque uma coisa terrível está acontecendo em sua igreja ensolarada. Sua congregação está começando a se transformar, e ele percebe, horrorizado, que estão virando lobisomens, todos eles, todos os trezentos: Victor Bowle, o chefe do conselho municipal, normalmente tão pálido e gordo e pelancudo... a pele está ficando marrom, está ficando áspera, escurecendo com pelos! Violet MacKenzie, que dá aulas de piano... o corpo magro de solteirona está aumentando, o nariz fino está se achatando e alongando! O professor gordo de ciências, Elbert Freeman, parece estar ficando mais gordo, o terno azul brilhante está se rasgando, tufos de pelo surgindo como enchimento de um sofá velho! Os lábios gordos se abrem e revelam dentes do tamanho de teclas de piano!

A Besta, o reverendo Lowe tenta dizer no sonho, mas as palavras falham e ele cambaleia para trás, para longe do púlpito, tomado de horror, enquanto Cal Blodwin, o diácono chefe da Igreja Batista da Graça, se arrasta pelo corredor central, rosnando, o dinheiro caindo do prato prateado de coleta, a cabeça inclinada para o lado. Violet MacKenzie pula nele, e os dois rolam juntos pelo corredor, mordendo e urrando em vozes que são quase humanas.

E então os outros se juntam a eles, e o som é como o zoológico na hora da alimentação, e desta vez o reverendo Lowe *grita* em uma espécie de êxtase:

— A Besta! A Besta está em toda parte! Em toda parte! Em toda...

Mas sua voz não é mais sua voz; tornou-se um rosnado inarticulado, e, quando olha para baixo, ele vê que as mãos saindo das mangas do terno preto se tornaram patas peludas.

É quando ele acorda.

Foi só um sonho, pensa ele, voltando a se deitar. *Foi só um sonho, graças a Deus*.

Mas quando ele abre as portas da igreja pela manhã, a manhã do primeiro domingo de primavera, a manhã após a lua cheia, não se depara com um sonho; ele vê o corpo estripado de Clyde Corliss, que trabalha como zelador da igreja há anos, caído sobre o púlpito. A vassoura está apoiada a uma parede ali perto.

Nada disso é sonho; o reverendo Lowe só deseja que pudesse ser. Ele abre a boca, inspira fundo, engasgado, e começa a gritar.

A primavera voltou... e, este ano, a Besta veio junto.

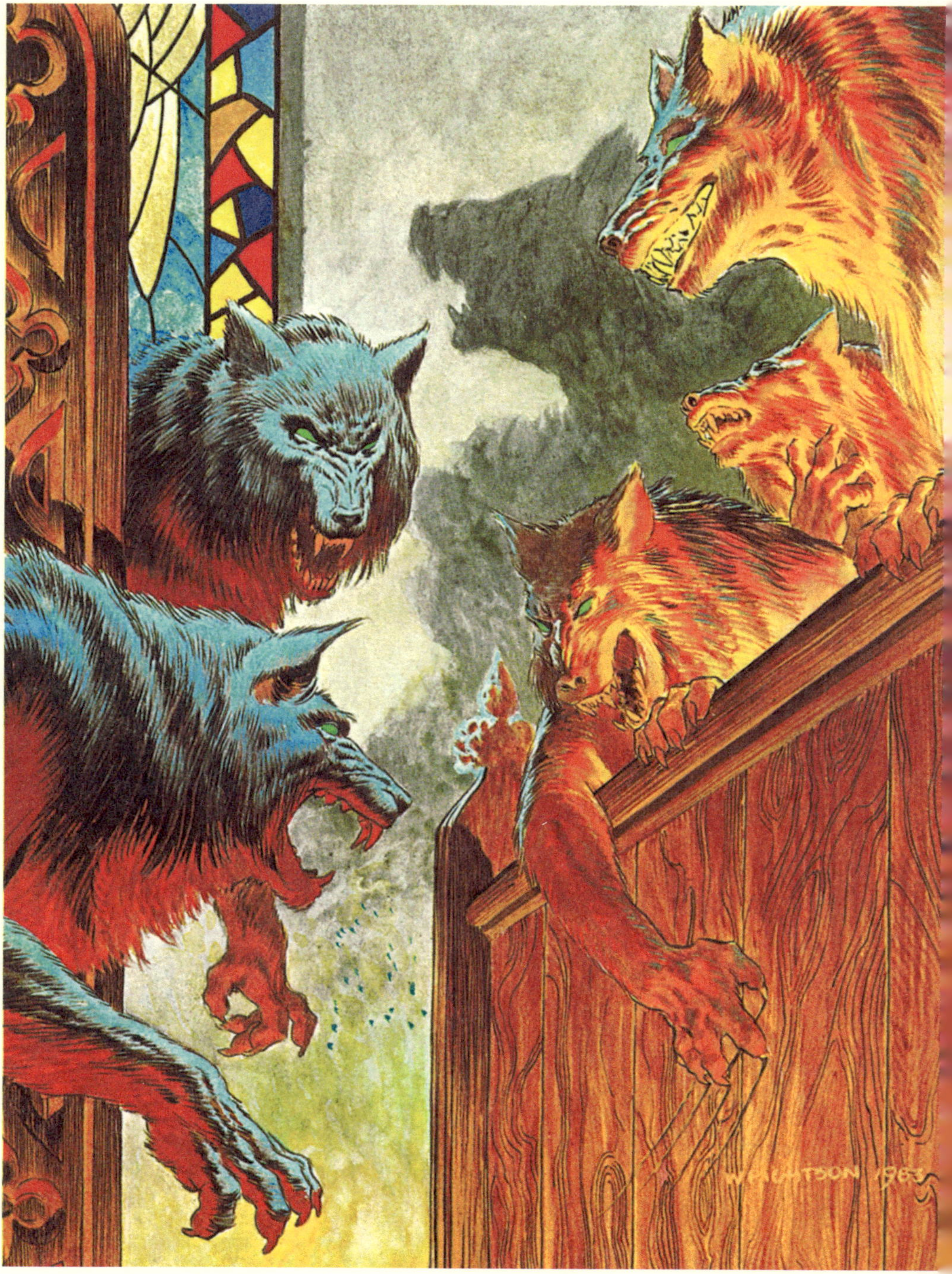

JANEIRO
FEVEREIRO
MARÇO
ABRIL
MAIO
JUNHO
JULHO
AGOSTO
SETEMBRO
OUTUBRO
NOVEMBRO
DEZEMBRO

JUNHO

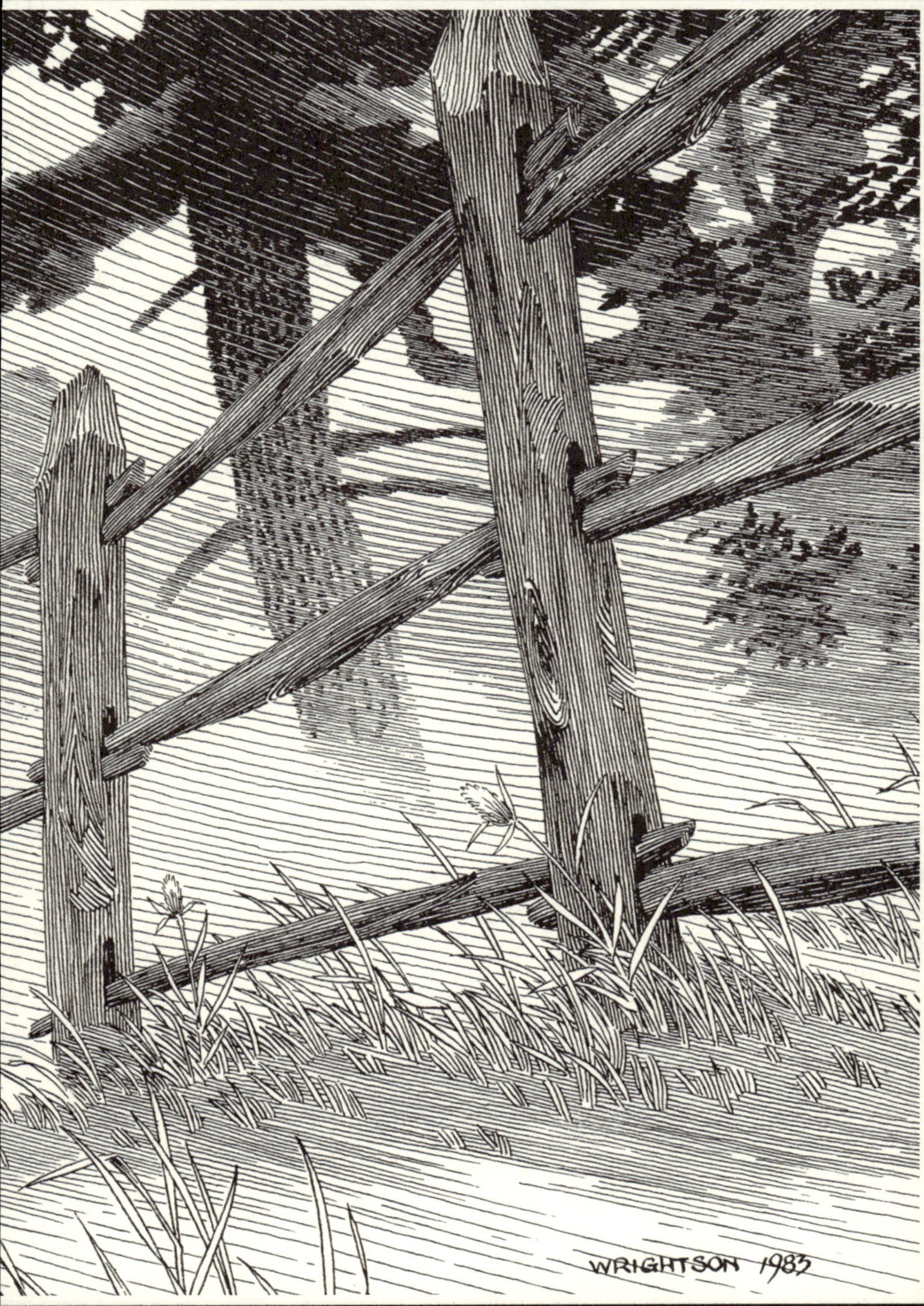
WRIGHTSON 1983

Na noite mais curta do ano, Alfie Knopfler, dono do Chat 'n Chew, o único café de Tarker's Mills, limpa a bancada comprida de fórmica até esta começar a brilhar, com as mangas da camisa branca dobradas até o cotovelo dos braços musculosos e tatuados. O café está completamente vazio, e, quando ele termina a limpeza, faz uma pausa, olha para a rua e pensa que perdeu a virgindade em uma noite fragrante de verão como esta. A garota era Arlene McCune, que agora é Arlene Bessey após se casar com um dos jovens advogados mais bem-sucedidos de Bangor. Deus, como ela se mexeu naquela noite no banco de trás do carro dele, e como a noite tinha um cheiro doce!

A porta que leva para a noite de verão lá fora se abre e deixa entrar um raio intenso de luar. Ele acha que o café está deserto porque a Besta supostamente anda por aí na lua cheia, mas Alfie não está com medo nem preocupado; não está com medo porque pesa cem quilos, e boa parte desse peso ainda é dos músculos da época da Marinha, e não está preocupado porque sabe que os clientes regulares estarão lá logo cedo no dia seguinte para comer ovos com batatas e tomar café. *Talvez*, ele pensa, *eu feche um pouco mais cedo hoje; desligue a máquina de café, compre uma caixa de seis cervejas no Market Basket e pegue o segundo filme no drive-in*. Junho, junho, lua cheia: uma boa noite para o drive-in e algumas cervejas. Uma boa noite para relembrar as conquistas do passado.

Alfie está se virando em direção à máquina de café quando a porta se abre e ele se volta para ela, resignado.

— E aí! Como vai? — pergunta ele, porque o cliente é um dos regulares... se bem que ele raramente vê esse cliente depois das dez da manhã.

O cliente assente, e os dois trocam algumas palavras cordiais.

— Café? — pergunta Alfie enquanto o cliente se senta em um dos bancos com estofamento vermelho.

— Por favor.

Bem, ainda dá tempo de pegar o segundo filme, Alfie pensa, se virando para a máquina de café. O cliente não parece que vai ficar por muito tempo. Está cansado. Doente, talvez. Ainda tem bastante tempo para...

O choque faz o restante dos pensamentos desaparecer. Alfie ofega estupidamente. A máquina de café está tão impecável como todo o resto do Chat 'n Chew, o cilindro de aço inoxidável tão brilhante quanto um espelho de metal. E, na superfície lisa e arredondada, ele vê uma coisa tão inacreditável quanto horrível. O cliente, uma pessoa que ele vê todos os dias, uma pessoa que *todo mundo* de Tarker's Mills vê todos os dias, está mudando. O rosto está se transformando, derretendo, engrossando, alargando. A camisa de algodão do cliente está se esticando, se esticando... e, de repente, as costuras da camisa começam a rasgar, e, absurdamente, Alfie Knopfler só consegue pensar naquela série que seu sobrinho Ray gostava de assistir, *O incrível Hulk*.

O rosto agradável e comum do cliente está virando uma coisa bestial. Os olhos castanhos tranquilos ficaram mais claros; adquiriram um tom terrível de dourado-esverdeado. O cliente grita... mas o grito se interrompe, cai como um elevador através de registros de som e se torna um grunhido alto de fúria.

Aquilo, a coisa, a Besta, o lobisomem, o que for, tateia pela fórmica lisa e derruba o açucareiro. Ainda urrando, pega o cilindro grosso de vidro que está rolando sobre o balcão, espalhando açúcar, e o joga na parede, onde tem um cardápio com os pratos especiais.

Alfie se vira, e seu quadril derruba a máquina de café da prateleira. Cai no chão com um estrondo e espalha café quente para todo lado, queimando seus tornozelos. Ele grita de dor e medo. Sim, ele está com medo agora, seus cem quilos de músculo da Marinha estão esquecidos, o sobrinho Ray está esquecido, o sexo no banco de trás com Arlene McCune está esquecido, agora há apenas a Besta, aqui no café como um monstro em um filme de terror do drive-in, um monstro que saiu direto da tela.

O monstro pula a bancada com uma facilidade incrível, a calça em trapos, a camisa rasgada. Alfie consegue ouvir chaves e moedas tilintando nos bolsos.

A criatura avança sobre Alfie, que tenta desviar, mas tropeça no cilindro de café e cai estatelado no linóleo. Há outro rugido ensurdecedor, um bafo amarelo e quente, e uma dor enorme e vermelha quando os maxilares da criatura afundam nos músculos das costas dele e retalham com força apavorante. Sangue jorra no chão, na bancada, na grelha.

Alfie cambaleia até ficar de pé com um buraco enorme e irregular jorrando sangue nas costas; ele está tentando gritar, e o luar branco, o luar de verão entra pelas janelas e o cega.

A Besta salta de novo.

O luar é a última coisa que Alfie vê.

WRIGHTSON 1983

JANEIRO
FEVEREIRO
MARÇO
ABRIL
MAIO
JUNHO
JULHO
AGOSTO
SETEMBRO
OUTUBRO
NOVEMBRO
DEZEMBRO

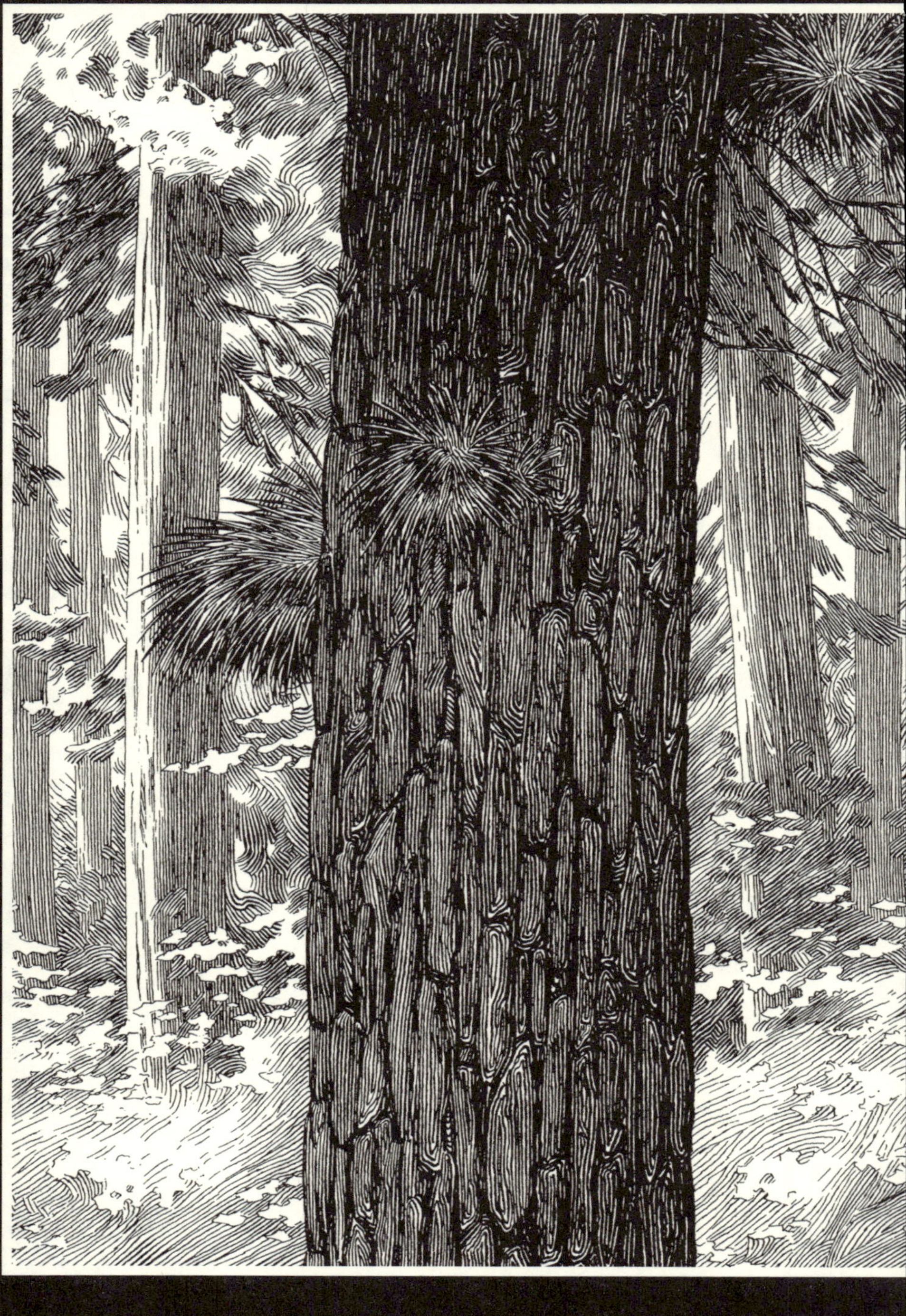

JULHO

WRIGHTSON 1983

Cancelaram o Quatro de Julho.

Marty Coslaw ganha pouquíssima solidariedade das pessoas mais próximas quando conta isso. Talvez seja porque elas não entendem a profundidade de sua dor.

— Não seja bobo — diz sua mãe, bruscamente. Ela é brusca com ele com frequência, e quando tem que racionalizar essa brusquidão para si mesma, ela diz que não vai mimar o garoto só porque ele é deficiente, porque o filho vai passar a vida em uma cadeira de rodas.

— Espere o ano que vem! — diz o pai, dando um tapinha nas costas dele. — Vai ser bem melhor! Muito melhor! Você vai ver, amigão! Ei, ei!

Herman Coslaw é o professor de educação física da escola primária de Tarker's Mills e quase sempre fala com o filho com o que Marty entende como a voz de "amigão" do pai. Ele também diz "Ei, ei!" com frequência. A verdade é que Marty deixa Herman Coslaw um pouco nervoso. Herman vive em um mundo de crianças violentamente ativas, crianças que correm, jogam bola, nadam em competições. E, no meio da organização disso tudo, ele às vezes olhava e via Marty por perto, na cadeira de rodas, observando. O filho deixava Herman nervoso, e, quando ele ficava nervoso, falava na voz alta de "amigão" e dizia "Ei, ei!" ou "carambolas" e chamava Marty de seu "amigão".

— Ah-há, então você finalmente não vai ter sua vontade feita! — diz sua irmã mais velha quando ele tenta contar para ela como esperou com ansiedade por essa noite, como espera com ansiedade todos os anos, as flores de luz no céu acima do centro comunitário, os estalos coloridos e iluminados seguidos dos sons que ecoam entre as colinas baixas que cercam a cidade. Kate tem treze anos, e Marty, dez, e ela tem a plena convicção de que todo mundo ama Marty só porque ele não pode andar. Ela fica satisfeita de os fogos terem sido cancelados.

Até mesmo o vovô Coslaw, com quem se podia contar de ser solidário, não ficou impressionado.

— Ninguém está cancelando o Cuatro de Chulho, garoto — disse ele com o sotaque eslavo carregado. Vovô estava sentado na varanda, e Marty saiu pela porta na cadeira de rodas motorizada para falar com ele. O vovô Coslaw observava a inclinação do gramado na direção da floresta, com um copo de Schnapps na mão. Isso aconteceu no dia 2 de julho, dois dias antes. — Só os fogos foram cancelados. E você sabe por quê.

Marty sabia. O assassino, era por isso. Os jornais agora o estavam chamando de "Assassino da Lua Cheia", mas Marty ouviu muitos sussurros na escola antes do começo das férias de verão. Muitas crianças estavam dizendo que o Assassino da Lua Cheia não era um homem de verdade, mas uma espécie de criatura sobrenatural. Um lobisomem, talvez. Marty não acreditava nisso, lobisomens eram coisa de filme de terror, mas achava que podia haver um maluco por aí que só sentia vontade de matar na lua cheia. Os fogos foram cancelados por causa do *toque de recolher* ridículo.

Em janeiro, sentado na cadeira de rodas perto da porta da varanda e olhando lá para fora, vendo o vento soprar véus amargos de neve pela terra congelada, ou de pé ao lado da porta da frente, rígido como uma estátua com as órteses nas pernas, vendo as outras crianças puxarem seus trenós para a colina Wright, só *pensar* nos fogos já fazia diferença. Pensar nas noites quentes de verão, em uma Coca-Cola gelada, em rosas de fogo florescendo na escuridão, em cata-ventos, em uma bandeira americana feita de rojões.

Mas agora, cancelaram os fogos... e independentemente do que as pessoas digam, Marty sente que é o Quatro de Julho em *si*, o *seu* Quatro de Julho que condenaram à morte.

Só seu tio Al, que chegou na cidade no final da manhã para comer o tradicional salmão com ervilhas frescas com a família, entendeu. Ele ouviu com atenção, de pé na varanda com a sunga ainda pingando (os outros estavam nadando e rindo na nova piscina do outro lado da casa dos Coslaw) depois do almoço.

Marty terminou de falar e olhou para tio Al com ansiedade.

— Entende o que quero dizer? Percebe? Não tem nada a ver com ser aleijado, como Kate diz, nem com misturar os fogos com os Estados Unidos, como o vovô acha. Não é certo você esperar tanto uma coisa... não é certo Victor Bowle e um *conselho municipal* idiota acabarem com tudo. Principalmente quando é uma coisa de que você precisa muito. Entende?

Houve uma longa e agonizante pausa enquanto tio Al pensava na pergunta de Marty. Tempo suficiente para Marty ouvir o barulho do trampolim no lado fundo da piscina, seguido do grito alto do pai:

— Que lindo, Kate! Ei, ei! Que *liiiiindo*!

Tio Al disse baixinho:

— Claro que entendo. E tenho uma coisa para você, eu acho. Talvez você possa fazer seu próprio Quatro de Julho.

— Meu próprio Quatro de Julho? O que você quer dizer?

— Vamos até meu carro, Marty. Tenho uma coisa... bem, vou mostrar.

— E ele saiu andando pelo caminho de concreto que contornava a casa antes que Marty pudesse perguntar o que ele queria dizer.

Sua cadeira de rodas zumbiu pelo caminho até a entrada de carros, para longe dos sons da piscina: ruídos de água, gritos e gargalhadas, o barulho do trampolim. Para longe da voz alta de "amigão" do pai. O som da cadeira de rodas era um zumbido baixo e regular que Marty mal ouvia: toda a sua vida, aquele som, o estalo das órteses, foram a música dos seus movimentos.

O carro do tio Al era um Mercedes conversível rebaixado. Marty sabia que seus pais reprovavam ("Uma armadilha de vinte e oito mil dólares", sua mãe chamou uma vez, estalando a língua), mas Marty adorava. Uma vez, tio Al o levou para passear em algumas estradas menores que atravessavam Tarker's Mills, e dirigiu rápido, a cento e vinte, talvez cento e trinta quilômetros por hora. Ele não quis dizer para Marty a velocidade em que estavam seguindo.

— Se você não souber, não vai sentir medo — dissera ele.

Mas Marty não sentiu medo. Sua barriga até doeu no dia seguinte de tanto rir.

Tio Al tirou uma coisa do porta-luvas do carro, e quando Marty se aproximou, ele colocou um pacote volumoso de celofane nas coxas flácidas do sobrinho.

— Aqui está, garoto — disse ele. — Feliz Quatro de Julho.

A primeira coisa que Marty viu foram os caracteres chineses exóticos no rótulo do pacote. Depois, viu o que tinha dentro, e seu coração pareceu se apertar no peito. O pacote de celofane estava cheio de fogos de artifício.

— Os que parecem pirâmides são chuviscos — disse tio Al.

Marty, perplexo de alegria, moveu os lábios para falar, mas não saiu nada.

— Acenda os pavios, coloque no chão, e eles jorram tantas cores quanto há no bafo de um dragão. Os tubos com as varas finas saindo deles são foguetes. Coloque em uma garrafa vazia de Coca, e eles sobem. Os pequenos são chafarizes. Tem dois rojões... e, claro, um pacote de bombinhas. Mas é melhor você acender essas amanhã.

Tio Al olhou na direção dos barulhos que vinham da piscina.

— Obrigado! — Marty finalmente conseguiu encontrar a voz. — Obrigado, tio Al!

— Só não diga para sua mãe onde você conseguiu isso — disse tio Al. — O que os olhos não veem o coração não sente, né?

— Certo, certo — disse Marty, apesar de não ter ideia do que olhos e coração tinham a ver com fogos. — Mas tem certeza de que não precisa deles, tio Al?

— Eu consigo mais — retrucou o tio. — Conheço um cara em Bridgton. Ele vai continuar trabalhando até escurecer. — Ele pousou a mão na cabeça de Marty. — Faça seu Quatro de Julho depois que todo mundo for para cama. Não acenda nenhum dos que fazem barulho, para não acordar todo mundo. E, pelo amor de Deus, não exploda sua mão, senão minha irmã nunca mais vai falar comigo.

E tio Al riu, entrou no carro e ligou o motor. Levantou uma das mãos em um cumprimento para o sobrinho e foi embora, com Marty ainda tentando balbuciar um agradecimento. Ele ficou sentado ali por um momento, olhando para onde o tio foi, engolindo em seco para não chorar. Em seguida, guardou o pacote de fogos na camisa e voltou para casa, para o quarto. Na cabeça, já estava esperando que a noite chegasse e todos fossem dormir.

Ele é o primeiro a ir para cama naquela noite. A mãe vai dar um beijo de boa-noite (bruscamente, sem olhar para as pernas que parecem varetas embaixo do lençol).

— Você está bem, Marty?

— Estou, mãe.

Ela faz uma pausa, como se fosse dizer mais alguma coisa, depois balança a cabeça de leve. E sai.

A irmã, Kate, entra. Ela não o beija; só inclina a cabeça para perto do pescoço dele, para ele poder sentir o cheiro de cloro e ela poder sussurrar:

— Está vendo? Nem sempre você consegue o que quer só porque é aleijado.

— Você vai ficar surpresa com o que eu consigo — diz ele baixinho, e ela o olha por um momento com desconfiança antes de sair.

O pai entra por último e se senta na lateral da cama de Marty. Fala com a voz alta de "amigão".

— Tudo bem, amigão? Você vai dormir cedo. *Muito* cedo.

— Só estou meio cansado, pai.

— Tudo bem. — Ele bate em uma das pernas magras de Marty com a mão grande, faz uma careta inconsciente e se levanta com pressa. — Sinto muito pelos fogos, mas espere só ano que vem! Ei, ei! Caramba!

Marty dá um pequeno sorriso secreto.

E assim, ele começa a esperar o resto da casa ir dormir. Demora bastante. A TV continua ligada na sala, as risadas enlatadas aumentadas pelas risadas agudas de Kate. A privada do quarto do vovô faz um estrondo e barulho de água. A mãe conversa ao telefone, deseja a alguém um feliz Quatro de Julho, diz que sim, foi uma pena o show de fogos ser cancelado, mas ela acha que, considerando as circunstâncias, todo mundo entendia por que tinha que ser assim. Sim, Marty ficou decepcionado. Uma vez, perto do final da conversa, ela ri, e, quando ri, não soa nem um pouco brusca. Ela quase nunca ri perto de Marty.

De vez em quando, conforme as sete e meia foram passando para as oito e para as nove horas, a mão vai para debaixo do travesseiro para ter certeza de que o pacote de celofane com os fogos ainda está lá. Por volta das nove e meia da noite, quando a lua fica alta o bastante para espiar pela janela dele e inundar seu quarto com luz prateada, a casa finalmente começa a adormecer.

A TV é desligada. Kate vai para cama, protestando que as amigas podem ficar acordadas até *tarde* no verão. Depois que ela vai dormir, os pais de Marty se sentam na sala por um tempo, conversando em murmúrios. E...

... e talvez ele tenha dormido, porque quando toca em seguida no maravilhoso pacote de fogos, percebe que a casa está totalmente parada e a lua ficou ainda mais iluminada; iluminada o bastante para fazer sombra. Ele pega o pacote junto com a caixa de fósforos que encontrou mais cedo. Coloca a camisa do pijama para dentro da calça, coloca o pacote e os fósforos dentro da camisa e se prepara para levantar da cama.

Isso é uma operação para Marty, mas não dolorosa, como as pessoas às vezes parecem pensar. Ele não sente nada nas pernas, então não pode sentir dor. Ele segura a cabeceira da cama, se levanta para uma posição sentada e puxa uma perna depois a outra pela beirada da cama. E faz isso com uma das mãos, usando a outra para segurar o corrimão que começa na cama e percorre todo o quarto. Uma vez, ele tentou mover as pernas com as duas mãos e deu uma cambalhota impotente pelo chão. O barulho fez todo mundo ir para lá correndo.

— Seu exibido idiota! — sussurrou Kate com raiva no ouvido dele depois que Marty foi colocado na cadeira, ainda meio abalado, mas rindo loucamente apesar do inchaço em uma têmpora e do lábio cortado. — Quer se matar, é? — E saiu correndo do quarto, chorando.

Sentado na beirada da cama, ele limpa as mãos na parte da frente da camisa para ter certeza de que estão secas e não vão escorregar. Usa o corrimão para ir lentamente até a cadeira de rodas. Suas pernas inúteis de espantalho, tanto peso morto, se arrastam atrás dele. O luar está forte o bastante para lançar sua sombra, forte e seca, no piso à frente.

A cadeira de rodas está com o freio acionado, e Marty se senta nela com facilidade e confiança. Pausa por um momento, recuperando o fôlego, ouvindo o silêncio da casa. *Não acenda nenhum dos que fazem barulho hoje*, disse tio Al, e, ao prestar atenção ao silêncio, Marty sabe que é o certo. Ele vai fazer esse Quatro de Julho sozinho e vai guardar só para si, e ninguém vai saber. Pelo menos até amanhã, quando todo mundo vir os restos pretos dos chuviscos e dos chafarizes na varanda, mas aí não vai ter mais importância. *Tantas cores quanto há no bafo de um dragão*, tio Al disse. Mas Marty acha que não há lei que proíba um dragão de soltar seu bafo em silêncio.

Ele solta o freio da cadeira e a liga. O pequeno olho âmbar, o que diz que a bateria está carregada, surge na escuridão. Marty aperta VIRAR PARA A DIREITA. A cadeira gira para a direita. Ei, ei. Quando está virada para a porta da varanda, ele aperta PARA A FRENTE. A cadeira rola para a frente, zumbindo baixinho.

Marty abre o trinco das duas portas, aperta PARA A FRENTE de novo e sai. Abre o maravilhoso pacote de fogos e faz uma pausa breve, cativado pela noite de verão: o cricrilar sonolento dos grilos, a brisa baixa e aromática que mal mexe as folhas nas árvores na margem da floresta, o brilho quase sobrenatural da lua.

Ele não consegue esperar mais. Pega uma cobrinha, acende um fósforo, acende o pavio e assiste em um silêncio hipnotizado à cobrinha cuspir fogo verde-azulado e crescer magicamente, se contorcendo e soltando fogo do rabo.

O Quatro de Julho, pensa ele, com os olhos brilhando. *O Quatro de Julho, feliz Quatro de Julho para mim!*

A chama intensa da cobra vai diminuindo, pisca e se apaga. Marty acende um dos chuviscos triangulares e vê jorrar fogo tão amarelo quanto a camisa de golfe da sorte do pai. Antes daquele se apagar, ele acende um segundo, que dispara luz tão vermelha quanto as rosas que crescem ao lado da cerca branca da nova piscina. Agora, um cheiro maravilhoso de pólvora queimada enche a noite, para o vento espalhar e levar lentamente para longe.

Em seguida, a mão tateante puxa o pacote achatado de bombinhas e o abre antes de se dar conta de que acendê-las seria uma verdadeira calamidade; o rugido saltitante e estalante de metralhadora despertaria o bairro todo em fogo, inundação, alarme, incursão. Tudo isso, e um garoto de dez anos chamado Martin Coslaw ficaria de castigo na casinha de cachorro até o Natal, provavelmente.

Ele larga o pacote de Black Cats sobre o colo, tateia com alegria e tira o maior chuvisco de todos, um de primeira classe, se isso existisse. É quase do tamanho do seu punho fechado. Marty o acende em uma mistura de medo e prazer e joga longe.

Uma luz vermelha tão intensa quanto o fogo do inferno enche a noite... e é nesse brilho agitado e febril que Marty vê os arbustos no limite da floresta, sob a varanda, sacudirem e se abrirem. Ouve um barulho baixo, em parte tosse, em parte rosnado. A Besta aparece.

Fica ali por um momento, perto do gramado, e parece farejar o ar... então começa a subir a ladeira na direção de onde Marty está, na varanda, na

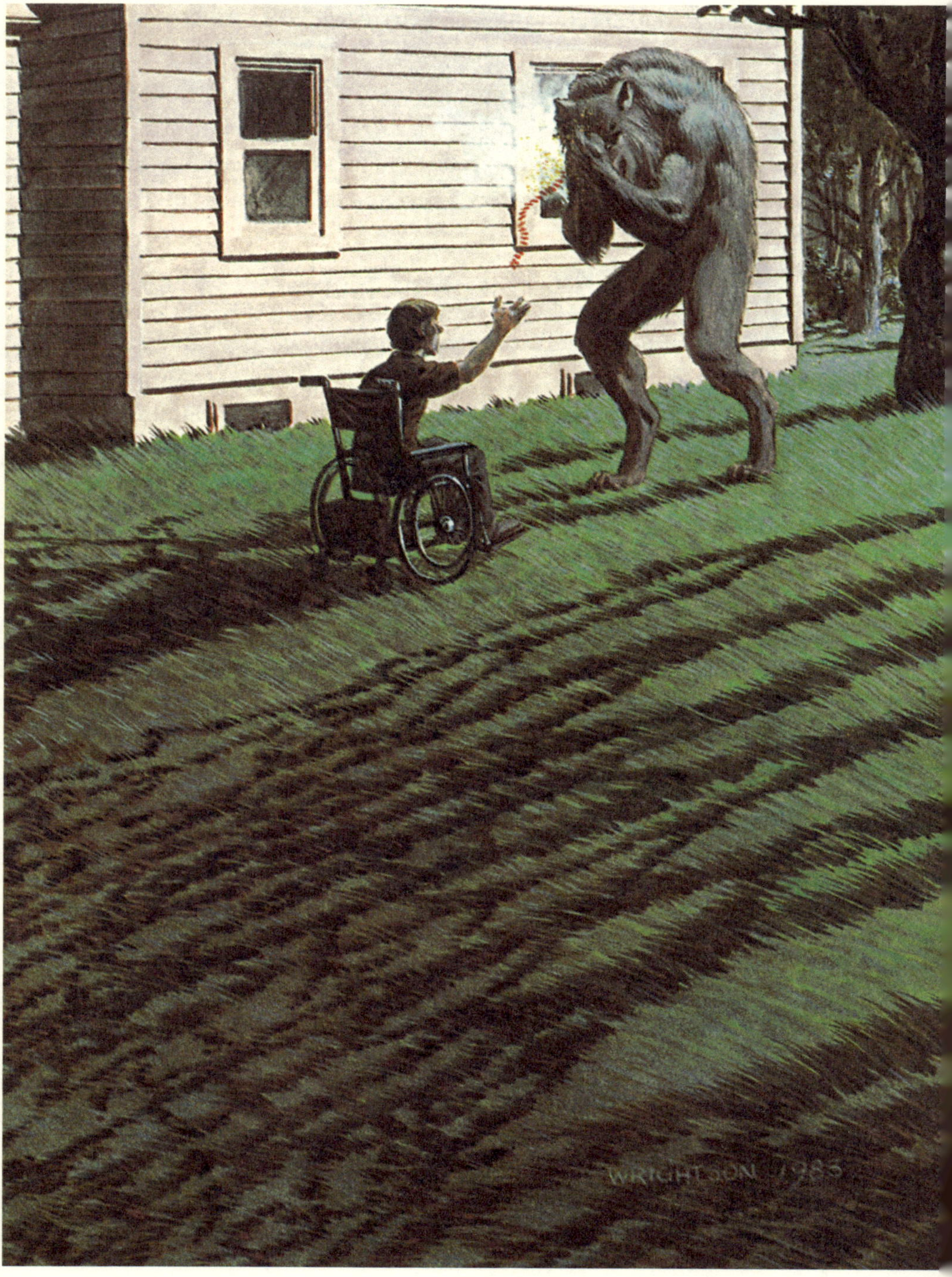
WRIGHTSON 1983

cadeira de rodas, os olhos arregalados, a parte superior do corpo encolhendo na lona da cadeira. A Besta está curvada, mas anda nas patas de trás. Como um homem andaria. A luz vermelha do chuvisco se reflete infernalmente nos olhos verdes.

A criatura se move devagar, as narinas largas se dilatando ritmicamente. Farejando a presa, quase com certeza farejando a fraqueza dessa presa. Marty consegue sentir o *cheiro*, os pelos, o suor, a selvageria. A coisa rosna de novo. O lábio superior grosso, da cor de fígado, se repuxa e mostra as presas. A pelagem está pintada de um vermelho-prateado fosco.

Está se aproximando do garoto, as mãos com garras, tão parecidas e tão diferentes de mãos humanas, se esticando para a garganta de Marty, quando o garoto se lembra do pacote de bombinhas. Sem nem perceber direito o que faz, ele acende um fósforo e encosta no pavio principal. O pavio cospe uma linha quente de fagulhas vermelhas que queimam os pelos finos das costas de sua mão. O lobisomem, momentaneamente desequilibrado, recua, soltando um grunhido questionador que, como as mãos, é quase humano. Marty joga o pacote de bombinhas na cara dele.

Elas explodem em um estrondoso show de luz e som. A Besta dá um grito-rugido de dor e fúria; cambaleia para trás, batendo com as mãos nas explosões que tatuam faíscas de fogo e pólvora na sua cara. Marty vê um dos olhos verdes se apagar como lanternas quando quatro bombinhas explodem ao mesmo tempo com um *KA-POW!* trovejante e terrível na lateral do focinho da Besta. Agora, os gritos são de pura agonia. Ele bate no rosto, gritando, e quando as primeiras luzes se acendem na casa dos Coslaw, a criatura se vira e sai correndo pelo gramado na direção do bosque, deixando para trás só o cheiro de pelo queimado e os primeiros gritos assustados e perplexos da casa.

— O que era aquilo? — A voz da mãe, não parecendo nem um pouco brusca.

— Quem está aí, caramba? — O pai, não parecendo muito um "amigão".

— Marty? — Kate, a voz trêmula, não parecendo nem um pouco cruel. — Marty, você está bem?

Vovô Coslaw dorme o tempo todo.

Marty se recosta na cadeira de rodas enquanto um chuvisco vermelho enorme se extingue. A luz está agora com o rosa suave e lindo de um amanhecer. Ele está chocado demais para chorar. Mas o choque não é uma emoção totalmente ruim, embora, no dia seguinte, os pais decidam prepará-lo para visitar tio Jim e tia Ida em Stowe, Vermont, onde ele vai ficar até o fim das férias de verão (a polícia concorda; acham que o Assassino da Lua Cheia pode tentar atacar Marty novamente para silenciá-lo). Marty sente apenas júbilo. É mais forte que o choque. Ele olhou para a cara terrível da Besta e sobreviveu. Sente também uma alegria simples e infantil, uma alegria silenciosa que depois ele nunca vai conseguir explicar para ninguém, nem mesmo para tio Al, que talvez pudesse entender. Ele sente essa alegria porque viu os fogos, no fim das contas.

E, enquanto os pais pensavam e se perguntavam sobre a saúde mental do filho e se ele ficaria traumatizado por causa daquela experiência, Marty Coslaw passou a acreditar, do fundo do seu coração, que aquele foi o melhor Quatro de Julho de todos.

JANEIRO
FEVEREIRO
MARÇO
ABRIL
MAIO
JUNHO
JULHO
AGOSTO
SETEMBRO
OUTUBRO
NOVEMBRO
DEZEMBRO

AGOSTO

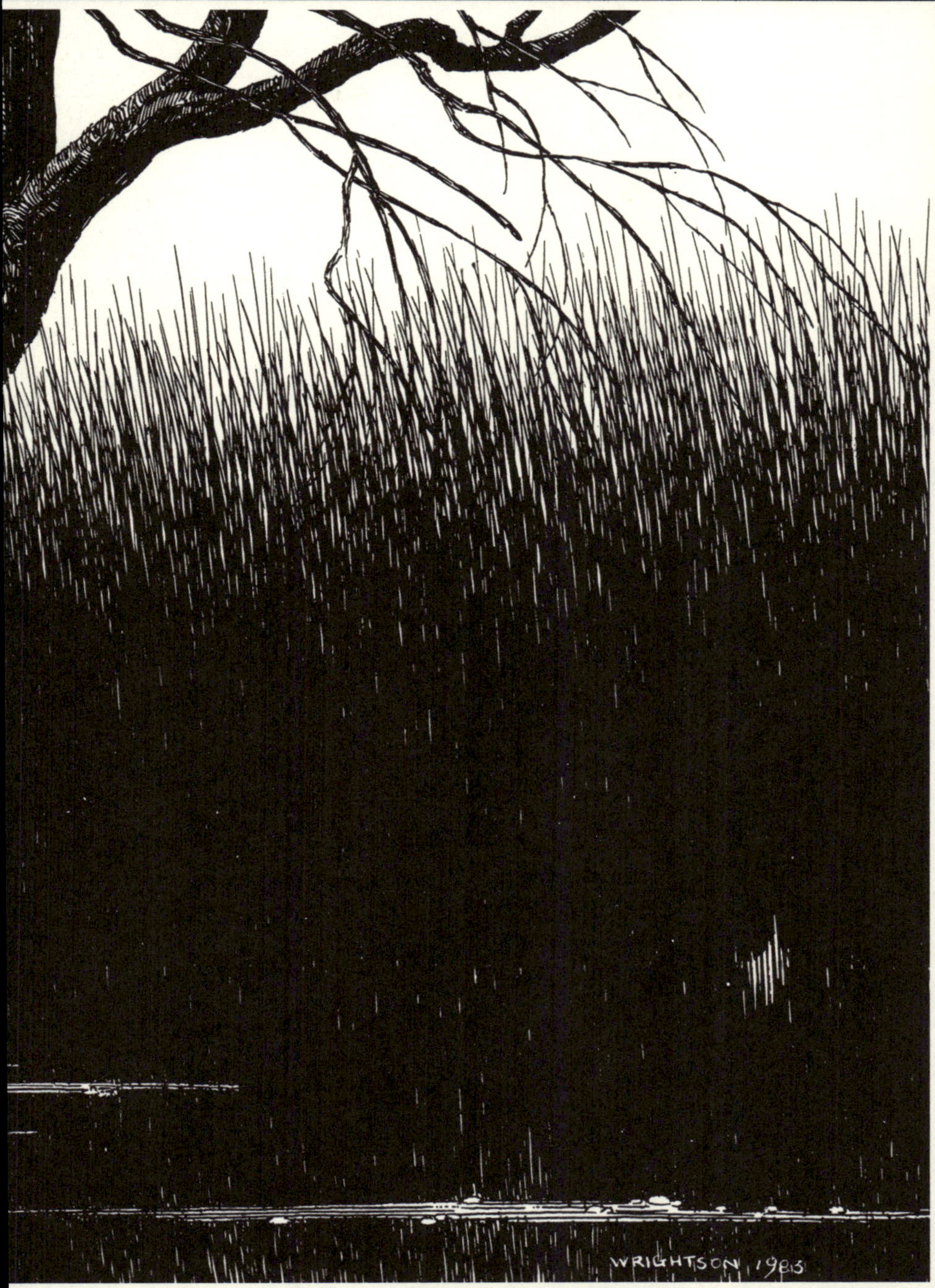
WRIGHTSON 1983

— Claro, acho que é um lobisomem — diz o policial Neary. Ele fala alto demais, talvez por acidente, talvez acidentalmente de propósito, e todas as conversas na Barbearia do Stan são interrompidas. Eles estão entrando na segunda metade de agosto, o agosto mais quente em Tarker's Mills que qualquer um consegue lembrar em anos, e aquela é a primeira noite de lua cheia do mês. Assim, a cidade prende a respiração, esperando.

O policial Neary observa a plateia e continua, sentado em seu lugar na cadeira do meio de Stan Pelky, falando com autoridade, falando judicialmente, falando psicologicamente, tudo das profundezas da sua educação de ensino médio (Neary é um homem grande e corpulento, e no ensino médio fazia touchdowns para os Tigers de Tarker's Mills; seus trabalhos em sala de aula geravam alguns Cs e não poucos Ds).

— Tem homens — diz ele — que são meio como duas pessoas. Tipo personalidades divididas, sabe? São o que eu chamaria de esquizofrênicos do caralho.

Ele faz uma pausa para apreciar o silêncio respeitoso que aquela declaração recebe e continua:

— Esse cara, eu acho que ele é assim. Acho que não sabe o que está fazendo quando a lua fica cheia e ele sai e mata alguém. Ele pode ser qualquer pessoa: um caixa do banco, um frentista de um dos postos da estrada Town, talvez até alguém que esteja aqui agora. No sentido de ser um animal por dentro e parecer totalmente normal por fora, é, podem apostar. Mas, se querem saber se acho que tem um cara em quem nasce pelo e que uiva para a lua... não. Essa merda é coisa de criança.

— E o garoto Coslaw, Neary? — pergunta Stan, continuando a trabalhar com cuidado ao redor da camada de gordura na base do pescoço de Neary. A tesoura longa e afiada corta, *snip... snip... snip.*

— Só prova o que eu falei — responde o policial, exasperado. — Essa merda é para crianças.

Na verdade, ele *está* exasperado por causa do que aconteceu com Marty Coslaw. Esse garoto é a primeira testemunha ocular do maluco que matou seis pessoas na cidade, inclusive o bom amigo de Neary, Alfie Knopfler. E ele tem permissão de entrevistar o garoto? Não. Sabe onde o garoto está? Não! Ele teve que se virar com um depoimento oferecido pela polícia estadual, e teve que pedir, implorar e *suplicar* para conseguir isso. Tudo porque é um policial de cidade pequena, o que a polícia estadual vê como um policial mirim, que não é capaz de amarrar os próprios sapatos. Só porque não tem um daqueles meus chapéus Smokey Bear de merda. E o depoimento! Dava para limpar a bunda com ele. De acordo com o garoto Coslaw, essa "besta" tinha mais de dois metros de altura, estava nua, coberta de pelos escuros por todo o corpo. Tinha dentes grandes e afiados como presas, olhos verdes e fedia mais que merda de pantera. Tinha garras, mas as garras pareciam mãos. Ele achou que tinha rabo. *Rabo*, caramba.

— Talvez — diz Kenny Franklin do seu lugar nas cadeiras encostadas na parede —, talvez seja algum tipo de disfarce. Uma máscara e tal, sabe?

— Não acredito — diz Neary de forma vigorosa, e assente para enfatizar o que disse. Stan tem que afastar a tesoura apressadamente para evitar enfiar uma das lâminas naquela camada grossa de gordura na nuca. — Não, senhor! Eu não acredito! O garoto ouviu muitas dessas histórias de lobisomem na escola antes do começo das férias, ele mesmo admitiu, e depois não tinha nada para fazer além de ficar sentado naquela cadeira dele e pensar nisso... maturar a ideia na cabeça. É tudo psicológico, sabe? Ora, se tivesse sido *você* saindo dos arbustos sob o luar, ele teria achado que *você* era um lobo, Kenny.

Kenny ri com desconforto.

— Não — retruca Neary com tristeza. — O testemunho do garoto não se sustenta.

Em desprezo e decepção pelo depoimento tomado de Marty Coslaw na casa da tia e do tio em Stowe, o policial Neary também deixou passar esta frase: "Quatro bombinhas estouraram de uma vez na lateral do rosto dele, acho que dava para chamar de rosto, e arrancou o olho dele. O esquerdo".

Se o policial Neary tivesse refletido sobre isso, e ele não refletiu, teria rido com mais desprezo ainda, porque naquela noite quente e parada

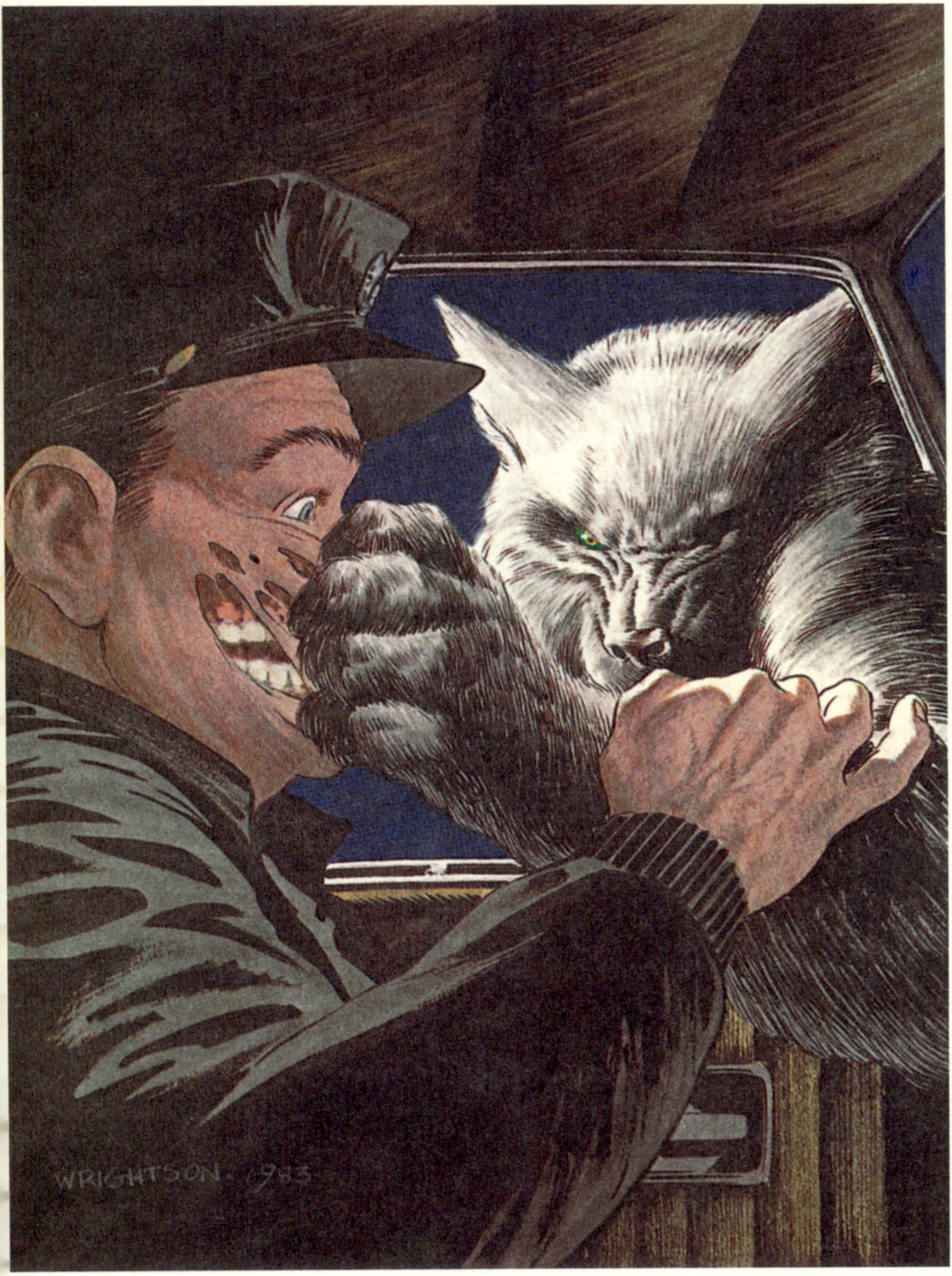
WRIGHTSON. 1983

de agosto de 1984, só tinha uma pessoa na cidade com um tapa-olho, e era impossível pensar *nessa* pessoa, dentre todas as pessoas, como sendo o assassino. Neary teria acreditado que sua mãe era o assassino antes de acreditar *nisso*.

— Só tem uma coisa que vai resolver esse caso — diz o policial Neary, apontando o dedo para os quatro ou cinco homens sentados contra a parede, esperando para cortar o cabelo naquela manhã de sábado —, e essa coisa é um bom trabalho policial. E eu pretendo ser o homem que vai fazer isso. Esses idiotas do estado vão ver quem ri por último quando eu prender o sujeito. — Neary esboça uma feição sonhadora. — Pode ser qualquer um. Caixa de banco... frentista... algum cara com quem vocês bebem no bar. Mas um bom trabalho policial vai resolver. Anotem minhas palavras.

Mas o bom trabalho policial de Lander Neary é encerrado naquela noite, quando um braço peludo e prateado de luar entra pela janela aberta da picape Dodge quando ele está parado no cruzamento das duas estradas de terra na parte oeste de Tarker's Mills. O policial ouve um grunhido baixo e anasalado e sente um cheiro selvagem e apavorante, como algo que você sentiria na gaiola do leão no zoológico.

A cabeça do policial é virada, e ele olha fixamente para o olho verde. Neary vê o pelo, o focinho preto e úmido. E quando o focinho é repuxado, ele vê os dentes. A Besta enfia as garras nele quase de brincadeira, e uma das bochechas é arrancada por inteiro, expondo os dentes do lado direito. Jorra sangue em todas as direções. Neary consegue sentir o sangue escorrendo pelo ombro da camisa, encharcando com calor. Ele grita; grita pela boca e pela bochecha. Acima dos ombros da Besta, consegue ver a lua, e sua luz branca inunda a noite.

Ele esquece a .30-30 e a .45 presas no cinto. Esquece que essa coisa é psicológica. Esquece o bom trabalho policial. Sua mente se fixa em uma coisa que Kenny Franklin disse na barbearia naquela manhã. *Talvez seja algum tipo de disfarce. Uma máscara e tal, sabe?*

E assim, quando o lobisomem estica as garras para a garganta de Neary, o policial estica a mão para a cara dele, agarra punhados de pelo duro e áspero e puxa, torcendo loucamente para que a máscara saia; vai haver um estalo de elástico, o ruído líquido de látex arrebentando, e ele vai descobrir a identidade do assassino.

Mas não acontece nada, nada além de um rugido de dor e fúria do animal, que ataca com a mão em garra (sim, Neary vê que é uma mão, ainda que horrendamente deformada, uma *mão*, o garoto estava certo) e abre a garganta do homem. Jorra sangue no para-brisa e no painel da picape; escorre na garrafa de Busch encostada na virilha, entre as pernas do policial Neary.

A mão livre do lobisomem agarra o cabelo recém-cortado de Neary e o puxa parcialmente para fora da cabine da picape. Uiva uma vez em triunfo e afunda o focinho no pescoço do policial. Alimenta-se enquanto a cerveja gorgoleja para fora da garrafa virada e faz espuma no chão, ao lado dos pedais do freio e da embreagem.

Adeus, psicologia.

Adeus, bom trabalho policial.

JANEIRO
FEVEREIRO
MARÇO
ABRIL
MAIO
JUNHO
JULHO
AGOSTO
SETEMBRO
OUTUBRO
NOVEMBRO
DEZEMBRO

SETEMBRO

WRIGHTSON 1983

Conforme a lua muda e a noite de lua cheia se aproxima de novo, o povo assustado de Tarker's Mills espera uma pausa no calor, mas não há pausa nenhuma. Em outros lugares, no mundo lá fora, os campeonatos de beisebol estão em fase de decisão e a temporada do futebol americano começou; nas Montanhas Rochosas Canadenses, o velho Willard Scott informa ao povo de Tarker's Mills que trinta centímetros de neve caíram no dia 21 de setembro. Mas nesse canto do mundo o verão permanece. As temperaturas ficam na casa dos vinte e cinco graus durante o dia; as crianças, já de volta às aulas e nada felizes com isso, ficam sentadas e transpiram em salas abafadas, onde os relógios parecem ter sido configurados para marcar a passagem de apenas um minuto para cada hora que se passa na vida real. Maridos e esposas brigam sem motivo, e no posto O'Neil's Gulf Station na estrada Town, perto da entrada da rodovia, um turista começa a reclamar com Pucky O'Neill sobre o preço da gasolina, e Pucky acerta a cabeça do cara com a mangueira da bomba. O sujeito, que é de Nova Jersey, precisa de quatro pontos no lábio superior e vai embora murmurando com irritação sobre processos e intimações.

— Não sei do que ele tanto reclama — diz Pucky de mau humor naquela noite no bar. — Eu nem bati com toda a força, sabe? Se tivesse batido com *toda* a minha força, teria arrancado a boca daquele sujeito, sabe?

— Claro — diz Billy Robertson, porque Pucky está com cara de que é capaz de bater *nele* com toda a sua força se ele discordar. — Que tal outra cerveja, Pucky?

— Pode apostar.

Milt Sturmfuller manda a mulher para o hospital por causa de um pouco de ovo que a máquina de lavar louça não limpou de um dos pratos. Dá uma olhada naquela mancha amarela seca no prato que ela tentou dar a ele no almoço e acerta a cara dela com tudo.

— Sua piranha maldita — diz ele, de pé ao lado de Donna Lee, que está caída no chão da cozinha, o nariz quebrado e sangrando, a parte de trás da cabeça sangrando também. — Minha mãe limpava bem os pratos e nem tinha máquina de lavar louça. Qual é o *seu* problema?

Mais tarde, Milt vai dizer ao médico da emergência do Hospital Geral de Portland que Donna Lee caiu da escada dos fundos. A mulher, apavorada e acovardada depois de doze anos em uma zona de guerra marital, vai confirmar a história.

Por volta das sete horas na noite da lua cheia, um vento começa a soprar; é o primeiro vento gelado daquele longo verão. Traz um amontoado de nuvens do norte, e por um tempo a lua brinca de pique-esconde com elas, desaparecendo e reaparecendo, dando às nuvens contornos prateados. As nuvens vão ficando mais densas, e a lua desaparece... mas ainda está lá; as marés a trinta quilômetros de Tarker's Mills sentem a atração dela e, mais perto de casa, a Besta também.

Por volta das duas da manhã, um guincho horrível começa a soar no chiqueiro de Elmer Zinneman na estrada West Stage, a uns vinte quilômetros da cidade. Elmer pega o rifle, vestindo só a calça do pijama e um par de chinelos. A mulher, que era quase bonita quando Elmer se casou com ela aos dezesseis anos, em 1947, pede, implora e chora, querendo que ele fique com ela, querendo que o marido não saia. Elmer se solta da mão da esposa e pega a arma perto da porta. Os porcos não estão só guinchando; eles estão *berrando*. Os animais parecem um bando de garotas muito novas surpreendidas por um maníaco em uma festa do pijama. Ele vai, nada pode impedi-lo, ele diz para ela... mas para com a mão calejada do trabalho na tranca da porta dos fundos quando um uivo de triunfo soa na noite. É um grito de lobo, mas tem alguma coisa tão humana no som que sua mão cai da tranca e ele permite que Alice Zinneman o puxe de volta para a sala. Ele abraça a esposa e a puxa para o sofá, onde os dois ficam sentados como duas crianças assustadas.

Então o grito dos porcos começa a oscilar e parar. Sim, eles param. Um a um, eles param. Os guinchos morrem em sons roucos e sangrentos de gargarejo. A Besta uiva novamente, o grito tão prateado quanto a lua.

Elmer vai até a janela e vê uma coisa, ele não sabe dizer o que, desaparecer na escuridão.

A chuva chega depois, chicoteando as janelas enquanto Elmer e Alice ficam sentados na cama juntos, todas as luzes do quarto acesas. A chuva está fria, a primeira chuva de verdade do outono, e amanhã o primeiro tom marrom vai ter aparecido nas folhas.

Elmer encontra o que espera encontrar no chiqueiro: carnificina. Todas as nove porcas e os dois porcos estão mortos: estripados e parcialmente comidos. Estão caídos na lama, a chuva batendo nas carcaças, os olhos saltados olhando para o céu frio de outono.

O irmão de Elmer, Pete, vindo de Minot, está ao lado dele. Eles não falam nada por bastante tempo, e Elmer diz o que está na mente de Pete também.

— O seguro vai cobrir uma parte. Não tudo, mas uma parte. Acho que consigo cobrir o resto. É melhor os porcos do que outra pessoa.

Pete assente.

— Já basta — diz ele, a voz um murmúrio que mal pode ser ouvido com a chuva.

— O que você quer dizer?

— Você sabe o que eu quero dizer. Na próxima lua cheia, tem que haver quarenta homens na rua... ou sessenta... ou cento e sessenta. Está na hora de as pessoas pararem de enrolar e de fingir que isso não está acontecendo, quando qualquer idiota consegue ver que está. Olhe isso, pelo amor de Cristo!

Pete aponta. Ao redor dos porcos mortos, a terra macia do chiqueiro está cheia de pegadas muito grandes. Parecem pegadas de lobo... mas também parecem estranhamente humanas.

— Está vendo essas porras de pegadas?

— Estou — concorda Elmer.

— Você acha que o Pé Grande fez essas pegadas?

— Não. Acho que não.

— Um lobisomem deixou essas pegadas — afirma Pete. — Você sabe, Alice sabe, a maioria das pessoas dessa cidade sabe. Porra, até *eu* sei, e moro no condado ao lado. — Ele olha para o irmão com o rosto inflexível e severo, o rosto de um puritano da Nova Inglaterra de 1650. E repete: — Já basta. Está na hora de essa coisa terminar.

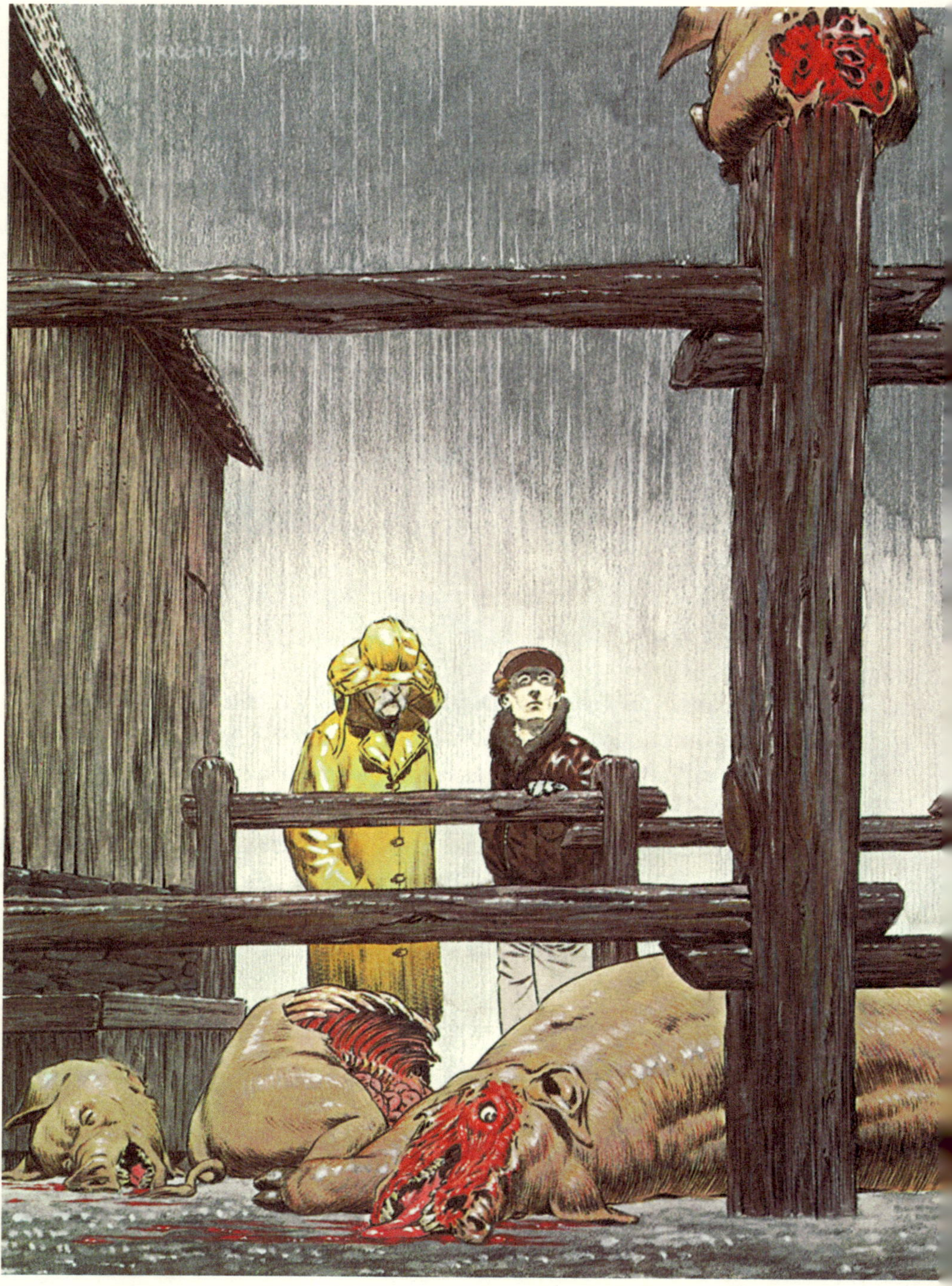

Elmer pensa a respeito por bastante tempo, enquanto a chuva continua a bater na capa dos dois homens, e assente.

— Acho que sim. Mas não na próxima lua cheia.

— Você quer esperar até novembro?

Elmer assente.

— Árvores desfolhadas. É mais fácil rastrear se tivermos um pouco de neve.

— E no mês que vem?

Elmer Zinneman olha para os porcos mortos no chiqueiro ao lado do celeiro. E encara o irmão, Pete.

— É melhor as pessoas se cuidarem — diz ele.

JANEIRO
FEVEREIRO
MARÇO
ABRIL
MAIO
JUNHO
JULHO
AGOSTO
SETEMBRO
OUTUBRO
NOVEMBRO
DEZEMBRO

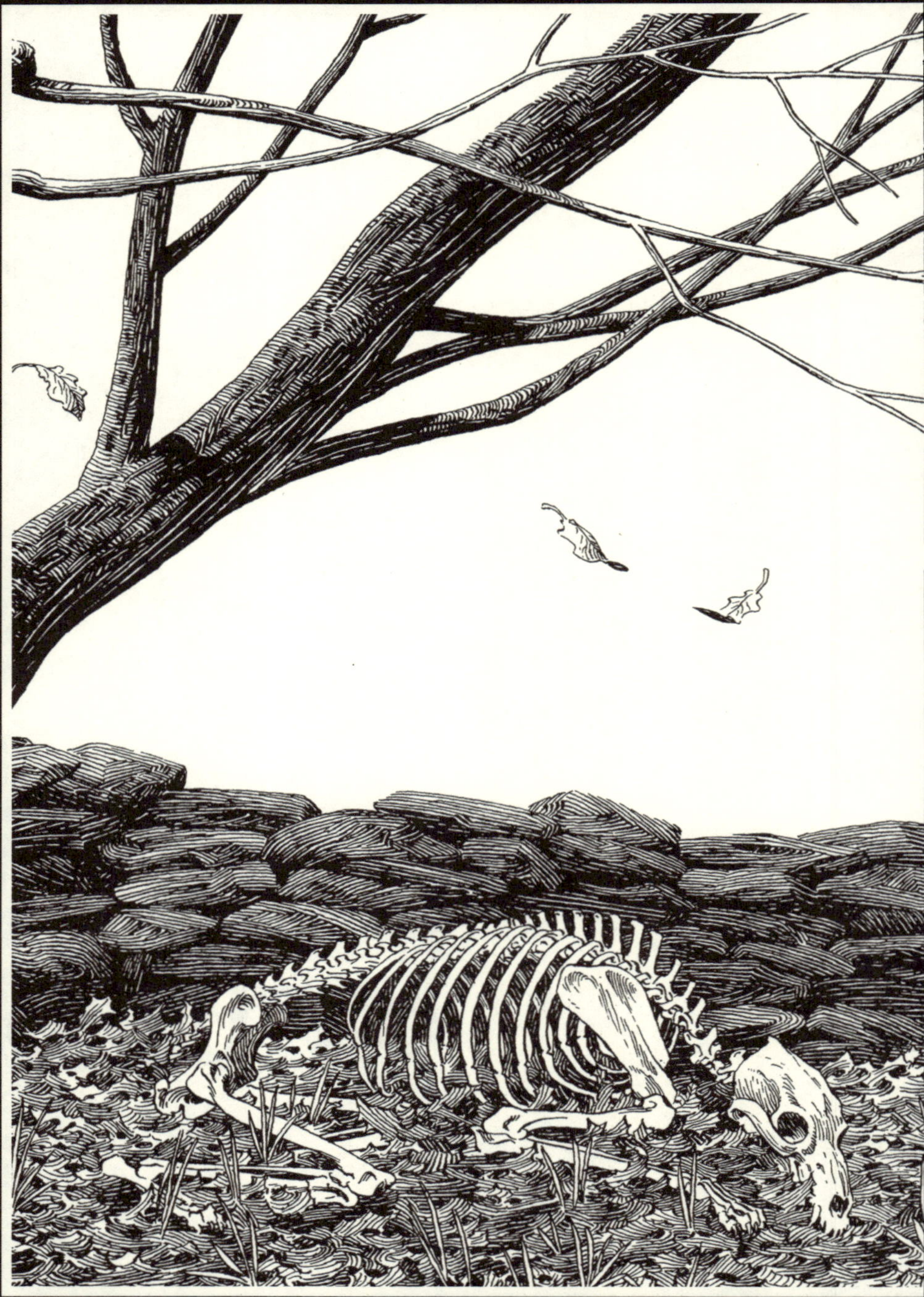

OUTUBRO

WRIGHTSON 1983

Quando Marty Coslaw volta para casa da excursão de truques ou travessuras na noite de Halloween, com a bateria da cadeira de rodas praticamente esgotada, ele vai direto para cama, onde fica deitado sem dormir até a lua minguante surgir em um céu frio cheio de estrelas que parecem estilhaços de diamante. Lá fora, na varanda, onde sua vida foi salva por um pacote de bombinhas de Quatro de Julho, um vento frio sopra folhas marrons em espirais e sem direção sobre as lajotas. Elas fazem barulho de ossos velhos. A lua cheia de outubro chegou e foi embora em Tarker's Mills sem nenhum novo assassinato, o segundo mês seguido em que isso acontece. Algumas das pessoas da cidade (Stan Pelky, o barbeiro, é um, e Cal Blodwin, dono da Blodwin Chevrolet, a única concessionária de carros da cidade, é outro) acreditam que o terror acabou; o assassino era um viajante, ou um mendigo morando na floresta, mas agora foi embora, como disseram que iria. Mas outros não têm tanta certeza. São esses que fazem uma avaliação longa dos quatro cervos encontrados mortos perto da rodovia no dia seguinte à lua cheia, e nos onze porcos de Elmer Zinneman, mortos na lua cheia de setembro. A discussão é acalorada no bar, em meio a muitas cervejas, durante as longas noites de outono.

Mas Marty Coslaw sabe.

Esta noite, ele saiu para pegar balas com o pai (o pai gosta do Halloween, gosta do frio, gosta de dar a gargalhada alta de "amigão" e de gritar coisas idiotas como "Ei, ei!" e "Carambolas!" quando as portas se abrem e rostos familiares de Tarker's Mills aparecem). Marty foi fantasiado de Yoda, com uma máscara grande de borracha enfiada na cabeça e um manto volumoso cobrindo as pernas inúteis.

—Você *sempre* tem tudo que quer — disse Kate, virando a cabeça quando viu a máscara... mas ele sabe que a irmã não estava com raiva dele de verdade (e, como se para provar, ela fez para ele um cajado torto e elaborado de Yoda, para complementar a fantasia), mas sim triste porque agora é considerada velha demais para sair para pegar balas. Ela vai para uma festa com as amigas da escola. Vai dançar músicas da Donna Summer, vai tentar pegar maçãs com a boca, e mais tarde a música vai ficar mais baixa para um jogo de verdade ou consequência, e talvez ela beije algum garoto, não por querer, mas porque vai ser divertido rir disso com as amigas na sala de aula no dia seguinte.

O pai leva Marty de van porque a van tem uma rampa embutida que ele pode usar para subir e descer. Marty desce a rampa e vai de um lado a outro das ruas na sua cadeira. Ele carrega o saco no colo, e eles vão a todas as casas na rua deles, depois até algumas no centro: dos Collins, dos MacInn, dos Manchester, dos Milliken, dos Easton. Tem um aquário cheio de balas no bar. De barras Snickers na residência paroquial da Igreja Congregacional e barras Chunky na da Igreja Batista. Depois, eles vão para os Randolph, os Quinn, os Dixon e mais uma dezena, mais duas. Marty volta para casa com o saco de balas explodindo... e com uma informação assustadora e quase inacreditável.

Ele sabe.

Ele sabe quem é o lobisomem.

Em determinado ponto do passeio, a própria Besta, agora em segurança em um momento entre as luas de insanidade, colocou doces no saco dele, sem perceber que o rosto de Marty ficou mortalmente pálido debaixo da máscara de Yoda, nem que, embaixo das luvas, os dedos apertavam o cajado de Yoda com tanta força que as unhas ficaram brancas. O lobisomem sorriu para Marty e deu uma batidinha na cabeça de borracha dele.

Mas é o lobisomem. Marty sabe, e não só porque o homem está de tapa-olho. Tem outra coisa, uma similaridade vital no rosto humano desse homem e na cara rosnante do animal que ele viu naquela noite prateada de verão quase quatro meses antes.

Desde que voltou de Vermont para Tarker's Mills, no dia seguinte ao Labor Day, Marty ficou alerta, com a certeza de que veria o lobisomem mais cedo ou mais tarde, e com a certeza de que o reconheceria quando o visse, porque o lobisomem seria um homem caolho. Apesar de a polícia ter assentido e dito que verificaria quando ele contou que

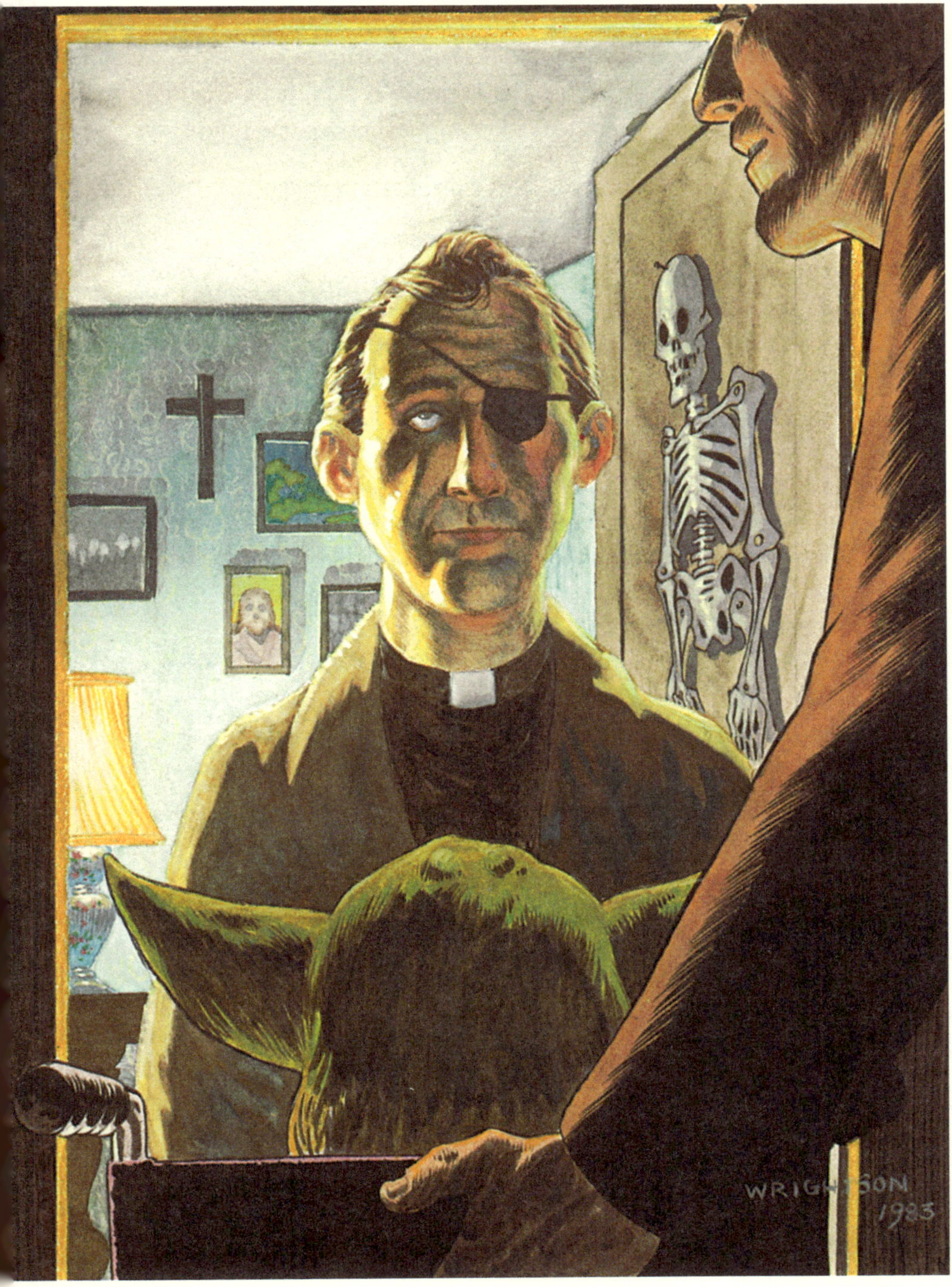
WRIGHTSON
1983

muito provavelmente tinha queimado um dos olhos do lobisomem, Marty percebeu que não acreditaram nele. Talvez tenha sido por ele ser só uma criança, ou talvez porque eles não estavam lá naquela noite de julho, quando o confronto aconteceu. De qualquer modo, não importava. *Ele* sabia que era verdade.

Tarker's Mills é uma cidade pequena, mas bem extensa, e até aquela noite Marty não tinha visto um homem caolho, e não ousou fazer perguntas; a mãe já tem medo de o episódio de julho tê-lo marcado pelo resto da vida. Ele teve receio de que, se tentasse investigar essa pista, isso acabasse chegando até sua mãe. Além do mais... Tarker's Mills é uma cidade pequena. Mais cedo ou mais tarde, ele ia ver a Besta com sua cara humana.

No caminho para casa, o sr. Coslaw (*treinador* Coslaw para os milhares de alunos, do passado e do presente) acha que o filho está quieto porque a noite e a agitação o cansaram. Na verdade, não é bem assim. Marty nunca (exceto na noite do maravilhoso pacote de fogos) se sentiu tão desperto e vivo. E seu único pensamento é o seguinte: ele demorou quase sessenta dias após voltar para casa para descobrir a identidade do lobisomem porque ele, Marty, é católico e frequenta St. Mary's, nos arredores da cidade.

O homem com o tapa-olho, o homem que colocou uma barra Chunky no saco e deu um sorriso e depois um tapinha no alto da cabeça de borracha dele, não é católico. Longe disso. A Besta é o reverendo Lester Lowe, da Igreja Batista da Graça.

Quando se inclinou na porta, sorrindo, Marty viu o tapa-olho com clareza na luz amarela que passava pela abertura; aquilo deixava o pequeno reverendo com uma aparência quase de pirata.

— Sinto muito pelo seu olho, reverendo Lowe — disse o sr. Coslaw com a voz alta de "amigão". — Espero que não seja nada sério.

O sorriso do reverendo Lowe ficou sofrido. Na verdade, disse ele, tinha perdido o olho. O tumor era benigno; foi necessário remover o olho para chegar a ele. Mas foi a vontade do Senhor, e ele estava se adaptando bem. Ele bateu no alto da máscara de Yoda de Marty de novo e disse que algumas pessoas que ele conhecia tinham cruzes maiores para carregar.

Agora, Marty está deitado na cama, ouvindo o vento de outubro cantar lá fora, sacudindo as últimas folhas da estação, assobiando baixo pelos buracos de olhos das abóboras entalhadas que ladeiam a entrada da casa dos Coslaw, vendo a lua minguante subir cada vez mais no céu estrelado. A questão é a seguinte: *o que ele vai fazer agora?*

O menino não sabe, mas tem certeza de que, com o tempo, a resposta virá.

Marty dorme o sono profundo e sem sonhos dos muito jovens, enquanto lá fora o vento sopra em Tarker's Mills, levando outubro e trazendo um novembro frio e estrelado, o mês mais cruel do outono.

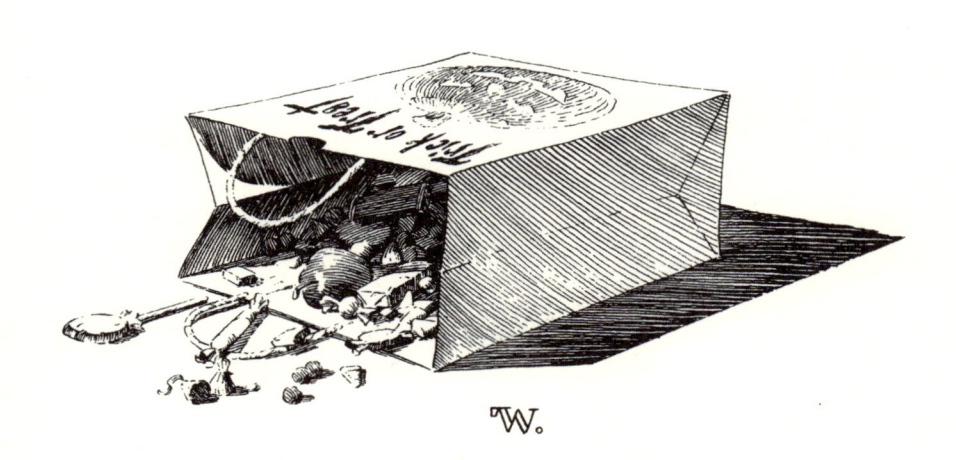

JANEIRO
FEVEREIRO
MARÇO
ABRIL
MAIO
JUNHO
JULHO
AGOSTO
SETEMBRO
OUTUBRO
NOVEMBRO
DEZEMBRO

NOVEMBRO

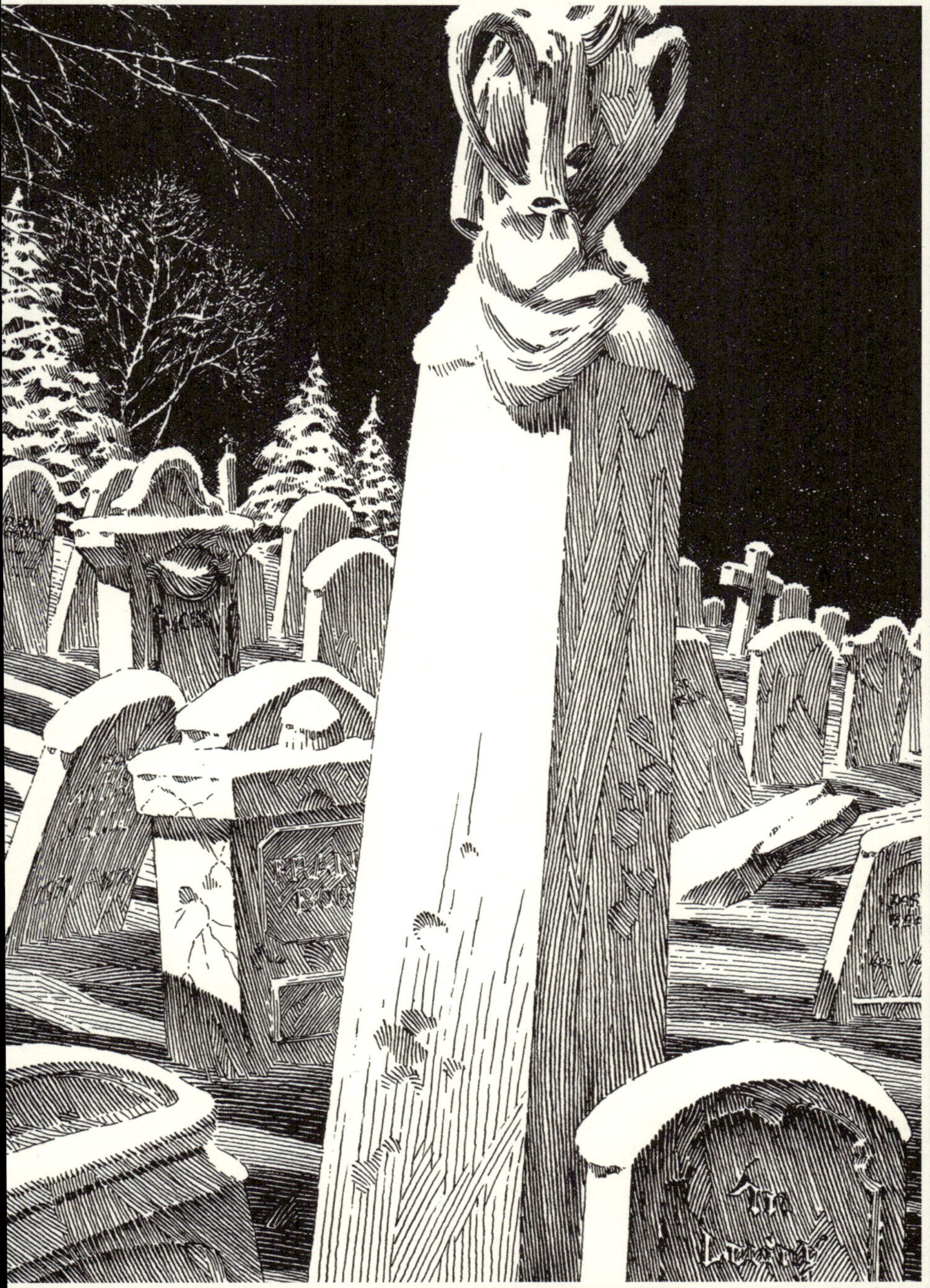

A guimba fumegante do ano, o ferro escuro de novembro, chegou em Tarker's Mills. Um êxodo estranho parece estar acontecendo na rua principal. O reverendo Lester Lowe observa da porta da residência paroquial batista; ele saiu para pegar a correspondência e está segurando seis circulares e uma única carta na mão, vendo a fila de picapes poeirentas, Fords e Chevys e International Harvesters, serpentear para fora da cidade.

A neve está chegando, diz o homem do tempo, mas essas não são pessoas fugindo da neve e procurando climas mais quentes; não se parte para as praias douradas da Flórida ou da Califórnia com a jaqueta de caça, a arma atrás do banco do motorista e os cachorros na caçamba. É o quarto dia em que os homens, liderados por Elmer Zinneman e seu irmão Pete, saem com cachorros e armas e várias garrafas de cerveja. É a nova moda, com a proximidade da lua cheia. A temporada de caça aos pássaros acabou, a dos cervos também. Mas a temporada dos lobisomens ainda está aberta, e a maioria daqueles homens, por trás da máscara de seriedade, está se divertindo. Como o treinador Coslaw poderia ter dito: "Carambola, é isso mesmo!".

Para alguns dos homens, o reverendo Lowe sabe, aquilo não passa de uma brincadeira; eis uma oportunidade de ir para a floresta, encher a cara de cerveja, mijar nas ravinas, contar piadas de polacos e sapos e pretos, atirar em esquilos e corvos. *Eles são os verdadeiros animais*, pensa Lowe, a mão indo inconscientemente até o tapa-olho que usa desde julho. *Alguém vai atirar em alguém por acidente. Eles têm sorte de ainda não ter acontecido.*

A última picape some depois do cume de Tarker's Hill, buzinando, com cachorros latindo e pulando na caçamba. Sim, alguns dos homens estão só de farra, mas outros, como Elmer e Pete Zinneman, por exemplo, estão levando a sério.

Se aquela criatura, homem ou animal ou o que quer que seja, sair para caçar este mês, os cachorros vão sentir seu cheiro, o reverendo Lowe ouviu Elmer dizer na barbearia, menos de duas semanas antes. *E se ela, ou ele, não sair, talvez a gente consiga salvar uma vida. O gado de alguém, pelo menos.*

Sim, alguns deles, talvez uns dez, talvez uns vinte, estão querendo realmente agir. Mas não foram eles que trouxeram esse sentimento novo e estranho até o fundo da mente de Lowe, a sensação de estar encurralado.

Foram os bilhetes que fizeram isso. Os bilhetes, sendo o mais longo com apenas duas frases, escritos em uma caligrafia infantil e caprichada, às vezes com erros de ortografia. Ele olha para a carta que chegou hoje pelo correio, endereçada na mesma caligrafia infantil, como as outras: *Reverendo Lowe, Casa Paroquial Batista, Tarker's Mills, Maine 04491.*

Agora, aquela sensação estranha de encurralamento... ele imagina que seja como uma raposa deve se sentir quando se dá conta de que os cachorros, de alguma forma, a perseguiram até um beco sem saída. Aquele momento de pânico em que essa raposa se vira, os dentes à mostra, para lutar contra os cachorros que certamente a deixarão em pedacinhos.

Ele fecha a porta com firmeza, entra na sala onde o relógio de piso tiquetaqueia solenemente; senta-se, coloca as circulares religiosas de lado com cuidado na mesa que a sra. Miller encera duas vezes por semana e abre a nova carta. Como as outras, não tem saudação. Como as outras, não tem assinatura. No centro da folha arrancada de um caderno escolar está a seguinte frase:

POR QUE VOCÊ NÃO SE MATA?

O reverendo Lowe leva a mão à testa; está tremendo de leve. Com a outra, ele amassa a folha de papel e a coloca no grande cinzeiro de vidro no centro da mesa (o reverendo Lowe faz seus aconselhamentos na sala, e alguns dos seus paroquianos perturbados fumam). Pega uma caixa de fósforos do suéter que usa nas tardes de sábado, "de ficar em casa", e bota fogo no bilhete, assim como fez com os outros. Vê o bilhete queimar.

Lowe percebeu o que ele era em dois acontecimentos: depois do pesadelo em maio, em que todo mundo na congregação de domingo virava lobisomem, e de sua terrível descoberta do corpo eviscerado de Clyde

Corliss, ele começou a perceber que alguma coisa está... Bem, errada. Ele não sabe outra forma de dizer. Alguma coisa está *errada*. Mas ele também sabe que, em algumas manhãs, normalmente durante o período em que a lua está cheia, ele acorda se sentindo incrivelmente *bem*, incrivelmente *disposto*, incrivelmente *forte*. Essa sensação murcha com a lua, e aumenta novamente com a lua cheia seguinte.

Depois do sonho e da morte de Corliss, ele foi obrigado a reconhecer outras coisas, coisas que, até o momento, tinha conseguido ignorar. Roupas enlameadas e rasgadas. Arranhões e hematomas que não conseguia identificar (mas, como nunca doem nem incomodam, como arranhões e hematomas normais, foi fácil esquecê-los. Apenas... não pensou neles). Ele pôde ignorar até os rastros de sangue que encontrou algumas vezes nas mãos... e nos lábios.

Depois, no dia 5 de julho, o segundo acontecimento. Descrevendo simplesmente: ele acordou cego de um olho. Assim como com os cortes e arranhões, não houve dor; só uma órbita destruída e sangrenta onde antes ficava o olho esquerdo. Naquele momento, a certeza ficou grande demais para ser ignorada: *ele* é o lobisomem, *ele* é a Besta.

Nos últimos três dias, teve sensações familiares: uma grande inquietação, uma impaciência quase alegre, uma sensação de tensão no corpo. Está chegando de novo; a mudança está se aproximando. Esta noite, a lua vai subir cheia, e os caçadores estarão na rua com seus cachorros. Bem, não importa. Ele é mais inteligente do que acreditam. Eles falam de um homem-lobo, mas só pensam no lobo, não no homem. Eles podem dirigir suas picapes, e o reverendo pode dirigir seu pequeno sedã Volare. E esta tarde ele vai dirigir na direção de Portland, pensa, e vai ficar em algum motel nos arredores da cidade. E, se a transformação vier, não vai haver caçadores nem cachorros. Não são *eles* que o assustam.

POR QUE VOCÊ NÃO SE MATA?

O primeiro bilhete chegou no começo do mês. Dizia simplesmente:

EU SEI QUEM VOCÊ É.

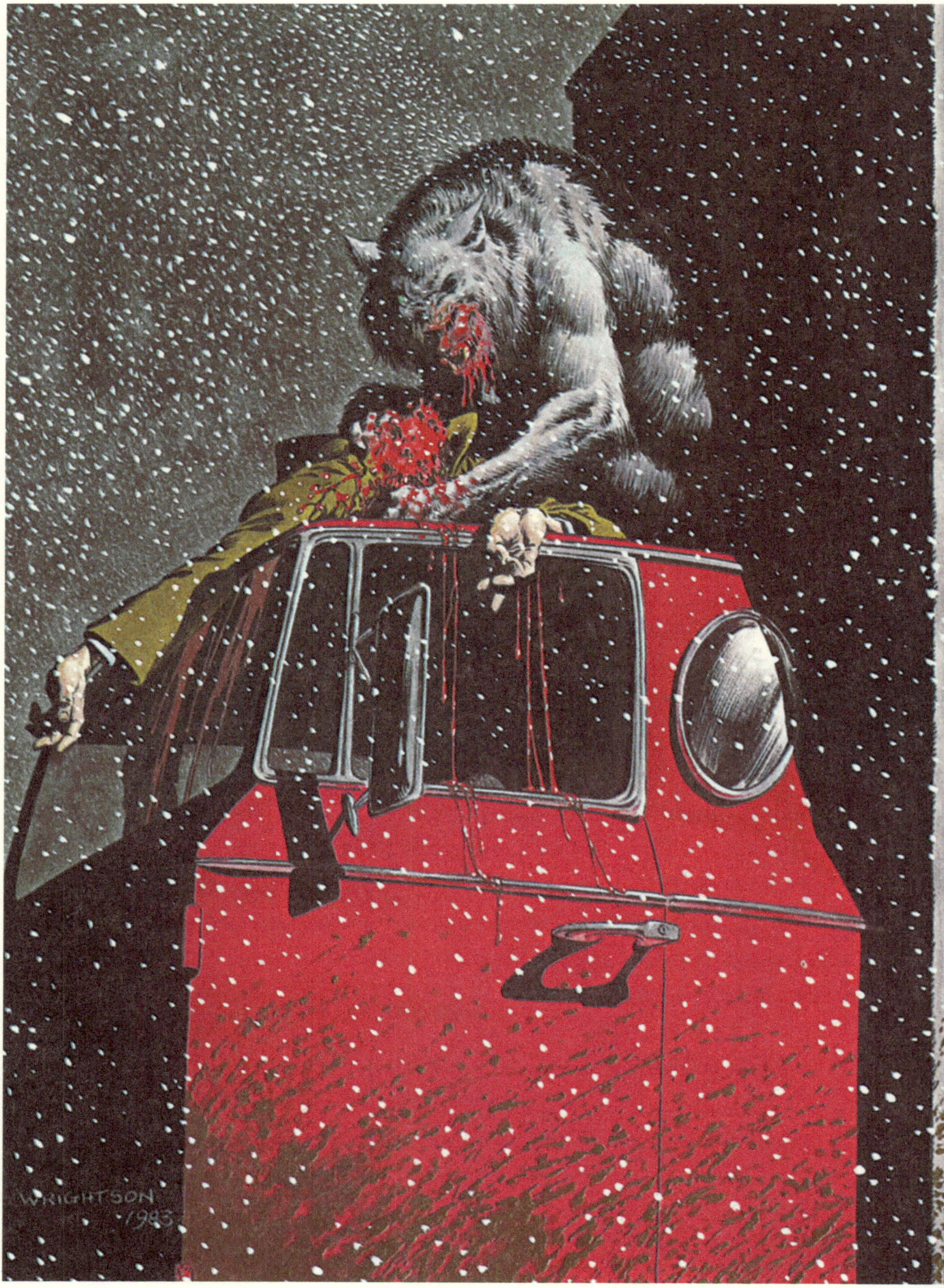
WRIGHTSON
1983

O segundo dizia:

SE FOR MESMO UM HOMEM DE DEUS, SAIA DA CIDADE. VÁ PARA ALGUM LUGAR ONDE HAJA ANIMAIS PARA VOCÊ MATAR, NÃO PESSOAS.

O terceiro dizia:

ACABE COM TUDO.

Foi só isso: *Acabe com tudo*. E agora:

POR QUE VOCÊ NÃO SE MATA?

Porque eu não quero, o reverendo Lowe pensa com petulância. *Isso, seja lá o que for, não é algo que eu tenha pedido. Não fui mordido por um lobo nem amaldiçoado por um cigano. Só... aconteceu. Eu colhi umas flores para os vasos da sacristia da igreja certo dia de novembro. Perto daquele cemitério bonitinho em Sunshine Hill. Eu nunca tinha visto flores como aquelas... e estavam mortas antes de eu voltar à cidade. Ficaram pretas, todas. Talvez tenha sido nessa época que começou a acontecer. Não tenho nenhum motivo para achar isso, exatamente... mas acho. E eu não vou me matar. Eles são os animais, não eu.*
Quem está escrevendo os bilhetes?
Ele não sabe. O ataque a Marty Coslaw não apareceu nos jornais semanais de Tarker's Mills, e ele se orgulha de não ouvir fofocas. Além disso, da mesma forma como Marty só soube que era Lowe no Halloween, porque os círculos religiosos deles não se cruzam, o reverendo Lowe não sabe quem é Marty. E não tem lembrança nenhuma do que faz quando está na forma de lobo; só tem aquela sensação alcoólica de bem-estar quando o ciclo termina por mais um mês, e a inquietação que o precede.
Eu sou um homem de Deus, ele pensa, levantando-se e começando a andar de um lado para outro, cada vez mais rápido na sala silenciosa, onde o relógio de piso tiquetaqueia solenemente. *Eu sou um homem de Deus e não vou me matar. Eu faço o bem aqui, e se às vezes faço o mal, ora, homens já fizeram o mal antes de mim; o mal também serve à vontade de Deus, é o que o Livro de Jó ensina; se fui amaldiçoado por uma força externa, Deus vai me*

levar no tempo Dele. Todas as coisas servem à vontade de Deus... e quem é o autor dos bilhetes? Devo fazer perguntas? Quem foi atacado no dia 4 de julho? Como eu (a Besta) perdi o olho? Talvez ele deva ser silenciado... mas não este mês. Que eles guardem os cães nos canis primeiro. Sim...

Ele começa a andar mais e mais rápido, inclinado, sem perceber que a barba, normalmente rala (ele só consegue fazer a barba a cada três dias... na época certa do mês, claro) agora está densa, cheia e áspera, e que o único olho castanho ficou de um tom de mel cada vez mais parecido com o verde-esmeralda que vai ter mais tarde, à noite. Ele está inclinado para a frente enquanto anda, e começou a falar sozinho... mas as palavras estão ficando cada vez mais baixas, e cada vez mais parecidas com rosnados.

Por fim, quando a tarde cinzenta de novembro começa a se transformar em um crepúsculo prematuro e sombrio, ele entra na cozinha, pega a chave do Volare no gancho ao lado da porta e quase corre até o carro. Dirige rápido na direção de Portland, sorrindo, e não diminui a velocidade quando a primeira neve da estação começa a rodopiar na luz dos faróis, dançarinos do céu de ferro. Ele sente a lua em algum lugar nas nuvens acima; sente seu poder; seu peito se expande, forçando a costura da camisa branca.

Ele coloca o rádio em uma estação de rock e se sente *simplesmente... ótimo!*

E o que acontece mais tarde pode ser um julgamento de Deus ou uma piada dos deuses mais antigos que os homens adoravam da segurança de círculos de pedra em noites enluaradas... Ah, é engraçado, é, sim, bem engraçado, porque Lowe foi até Portland para virar a Besta, e o homem que ele acaba destroçando naquela noite de novembro cheia de neve é Milt Sturmfuller, um antigo residente de Tarker's Mills... e talvez Deus seja justo, afinal, porque se havia um filho da puta de primeira categoria em Tarker's Mills, esse cara era Milt Sturmfuller. Ele saiu naquela noite, como já fez em outras, dizendo para a esposa espancada, Donna Lee, que era a trabalho, mas o trabalho é uma garota de quinta categoria chamada Rita Tennison, que passou para ele um caso terrível de herpes, que Milt já passou para Donna Lee, que nunca olhou para outro homem em todos os anos que os dois foram casados.

O reverendo Lowe se registrou em um motel chamado The Driftwood, perto da divisa entre Portland e Westbrook, e é o mesmo motel que Milt

Sturmfuller e Rita Tennison escolheram nesta noite de novembro para fazer negócios.

Milt sai às dez e quinze para pegar a garrafa de bourbon que deixou no carro, e na verdade está se parabenizando por estar longe de Tarker's Mills na noite da lua cheia quando a Besta caolha pula em cima dele de um caminhão Peterbilt coberto de neve e arranca sua cabeça com um movimento grandioso. O último som que Milt Sturmfuller escuta na vida é o rosnado crescente de triunfo do lobisomem; a cabeça dele rola para baixo do Peterbilt, os olhos arregalados, o pescoço jorrando sangue, e a garrafa de bourbon cai de sua mão trêmula enquanto a Besta enfia o focinho no pescoço dele e começa a se alimentar.

No dia seguinte, de volta à residência paroquial batista em Tarker's Mills e se sentindo *simplesmente... ótimo*, o reverendo Lowe vai ler o relato do assassinato no jornal e vai pensar piedosamente: *Ele não era um bom homem. Todas as coisas servem ao Senhor.*

E, depois disso, ele vai pensar: *Quem é que está enviando os bilhetes? Quem foi a vítima de julho? Está na hora de descobrir. Está na hora de ouvir umas fofocas.*

O reverendo Lester Lowe ajeita o tapa-olho, abre uma nova seção do jornal e pensa: *Todas as coisas servem ao Senhor, e se for a vontade do Senhor, eu vou encontrá-lo. E silenciá-lo. Para sempre.*

JANEIRO
FEVEREIRO
MARÇO
ABRIL
MAIO
JUNHO
JULHO
AGOSTO
SETEMBRO
OUTUBRO
NOVEMBRO
DEZEMBRO

WRIGHTSON 1983

DEZEMBRO

Faltam quinze minutos para a meia-noite da véspera de Ano-Novo. Em Tarker's Mills, assim como no resto do mundo, o ano está chegando ao fim, e em Tarker's Mills, assim como no resto do mundo, o ano trouxe mudanças.

    Milt Sturmfuller está morto, e sua esposa, Donna Lee, finalmente livre dos grilhões que a prendiam, saiu da cidade. Foi para Boston, alguns dizem; para Los Angeles, outros sugerem. Outra mulher tentou fazer a Livraria da Esquina dar certo e fracassou, mas a barbearia, o Market Basket e o bar estão funcionando bem, obrigado. Clyde Corliss está morto, mas os dois irmãos que não valem nada, Alden e Errol, ainda estão vivos e saudáveis e trocando os cupons de comida no A&P a duas cidades dali; eles não têm coragem de fazer isso em Mills. Vovó Hague, que fazia as melhores tortas de Tarker's Mills, morreu de ataque cardíaco, Willie Harrington, que tem noventa e dois anos, escorregou no gelo em frente à casinha dele na rua Ball no final de novembro e quebrou a bacia, mas a biblioteca recebeu uma boa doação pelo testamento de um residente de verão rico, e a construção da ala das crianças, que tem sido pauta em reuniões da cidade desde sempre, vai começar no ano seguinte. Ollie Parker, o diretor da escola, teve um sangramento no nariz em outubro que simplesmente não conseguia estancar, e foi diagnosticado com hipertensão. *Sorte você não ter assoado o nariz até o cérebro sair*, resmungou o médico, desenrolando o medidor de pressão do braço dele, e mandou Ollie perder vinte quilos. Milagrosamente, Ollie perdeu dez antes do Natal. Ele parece e se sente um novo homem. "Também *age* como um novo homem", diz a esposa para a amiga Delia Burney, com um sorrisinho malicioso. Brady Kincaid, morto pela Besta na temporada de pipas, continua morto. E Marty Coslaw, que se sentava atrás de Brady na escola, continua aleijado.

Algumas coisas mudam, outras, nem tanto, e, em Tarker's Mills, o ano está terminando assim como chegou: uma nevasca cai lá fora, e a Besta está por perto. Em algum lugar.

Sentados na sala dos Coslaw vendo Dick Clark's Rockin New Year's Eve estão Marty Coslaw e seu tio Al. Tio Al está no sofá. Marty está sentado na cadeira de rodas de frente para a TV. Tem uma arma no colo de Marty, uma Colt Woodsman .38. Tem duas balas no tambor da arma, as duas de prata pura. Tio Al conseguiu que um amigo de Hampden, Mac McCutcheon, fizesse as balas em uma máquina de recarga de munição. Esse mesmo Mac McCutcheon, depois de muito protesto, derreteu a colher de lembrança de crisma de Marty com um maçarico de propano e calibrou o peso de pólvora necessário para disparar a bala sem fazê-la voar desgovernada.

— Não garanto que vão funcionar — disse esse mesmo Mac McCutcheon para tio Al —, mas provavelmente vão. O que você vai matar, Al? Um lobisomem ou um vampiro?

— Um de cada — respondeu tio Al, também sorrindo. — É por isso que você tem que fazer duas. Tinha uma alma penada por lá também, mas o pai morreu em Dakota do Norte e ele teve que pegar um avião até Fargo. — Eles morreram de rir disso, e Al disse: — São para meu sobrinho. Ele é doido por filmes de monstros, e achei que seriam um presente de Natal interessante.

— Bom, se ele disparar contra uma madeira, traga aqui — diz Mac. — Eu gostaria de ver o que acontece.

Na verdade, tio Al não sabe o que pensar. Ele não via Marty nem ia a Tarker's Mills desde o dia 3 de julho; como poderia ter previsto, sua irmã, a mãe de Marty, está furiosa com ele por causa dos fogos. *Ele poderia ter morrido, seu idiota! O que você estava pensando?*, ela gritou para ele ao telefone.

Parece que foram os fogos que o salvaram..., começou Al, mas um estalo alto interrompeu a ligação. A irmã é teimosa, quando não quer ouvir uma coisa, ela não ouve.

No começo do mês, ele recebeu uma ligação de Marty.

— Eu tenho que te ver, tio Al — disse Marty. — Você é o único com quem posso falar.

— Estou em situação crítica com a sua mãe, garoto — respondeu Al.

— *É importante*. Por favor. *Por favor*.

Assim, ele foi, e encarou o silêncio gelado e desaprovador da irmã, e em um dia frio e claro do começo de dezembro, Al levou Marty para dar uma volta de carro, colocando-o cuidadosamente no banco do passageiro. Só que nesse dia não houve velocidade exacerbada nem gargalhadas; só tio Al ouvindo Marty falar. Tio Al ouviu com inquietação crescente conforme a história foi contada.

Marty começou contando para Al de novo sobre a noite do maravilhoso pacote de fogos e que explodiu o olho esquerdo da criatura com as bombinhas Black Cat. Em seguida, contou sobre o Halloween e o reverendo Lowe. Contou para tio Al que começou a mandar bilhetes anônimos para o reverendo... anônimos, claro, até os dois últimos, depois do assassinato de Milt Sturmfuller em Portland. Esses, ele assinou como ensinaram na escola: *Atenciosamente, Martin Coslaw*.

— Você não devia ter enviado bilhetes para o homem, nem anônimos e muito menos assinados! — disse tio Al com rispidez. — Cristo, Marty! Já pensou que você poderia estar *enganado*?

— Claro que sim — respondeu Marty. — Foi por isso que assinei meu nome nos dois últimos. Você não vai me perguntar o que aconteceu? Não vai me perguntar se ele procurou meu pai e disse que mandei um bilhete dizendo "Por que você não se mata?" e outro dizendo que estamos quase pegando ele?

— Ele não fez isso, fez? — perguntou Al, já sabendo a resposta.

— Não — disse Marty baixinho. — Ele não falou com meu pai, não falou com a minha mãe e não falou comigo.

— Marty, pode haver um milhão de motivos para...

— Não. Só tem *um*. Ele é o lobisomem, ele é a Besta, é *ele*, e ele está esperando a lua cheia. Como reverendo Lowe, ele não pode fazer nada. Mas, como lobisomem, pode fazer muita coisa. Pode me silenciar.

E Marty falou com uma simplicidade tão apavorante que Al quase se convenceu.

— E o que você quer de mim? — perguntou Al.

Marty falou. Ele queria duas balas de prata e uma arma para dispará-las, e queria que Al ficasse com ele na véspera de Ano-Novo, a primeira noite da lua cheia.

— Eu não vou fazer isso — disse tio Al. — Marty, você é um bom garoto, mas está ficando maluco. Acho que está sofrendo de um caso agudo de febre da cadeira de rodas. Se pensar bem, vai perceber.

— Talvez. Mas pense em como você vai se sentir culpado se receber uma ligação no dia de Ano-Novo dizendo que estou morto na cama, todo mastigado. Você quer isso na sua consciência, tio Al?

Al começou a falar, mas fechou a boca de repente. Virou em uma entrada da garagem, ouvindo as rodas da frente do Mercedes esmagarem a neve recém-caída. Deu meia-volta e começou a refazer o caminho. Ele lutou na Guerra do Vietnã e ganhou algumas medalhas por lá; evitou com sucesso compromissos longos com várias moças amorosas; e agora, se sentia preso e encurralado pelo sobrinho de dez anos. Pelo sobrinho *aleijado* de dez anos. Claro que ele não queria uma coisa assim na consciência, nem mesmo a *possibilidade* de uma coisa assim. E Marty sabia. Assim como Marty sabia que, se tio Al achasse que havia uma única chance em mil de ele estar certo...

Quatro dias depois, no dia 10 de dezembro, tio Al ligou.

— Boas notícias! — anunciou Marty para a família, rolando a cadeira para a sala. — Tio Al vem passar o Ano-Novo com a gente!

— Não vem *mesmo* — disse a mãe com seu tom mais frio e brusco.

Marty não se deixou afetar.

— Ih, desculpa. Eu já convidei — disse ele. — Ele disse que traria o pó colorido para a lareira.

A mãe passou o resto do dia olhando para Marty de cara feia toda vez que se esbarravam, mas não ligou para o irmão para mandá-lo não vir, e essa foi a coisa mais importante.

No jantar naquela noite, Kate deu um sussurro chiado no ouvido dele:

— Você *sempre* consegue o que quer! Só porque é aleijado!

Sorrindo, Marty sussurrou em resposta:

— Eu também amo você, mana.

— Seu *pentelhinho*!

Ela saiu andando.

E agora, chegou: a véspera de Ano-Novo. Quando a tempestade aumentou, a mãe de Marty tinha certeza de que Al não apareceria, o vento estava uivando e gemendo e jogando neve no ar. Para falar a verdade, Marty também ficou cheio de dúvidas... mas tio Al chegou por volta das oito, dirigindo não o Mercedes esporte, mas um carro emprestado com tração nas quatro rodas.

Às onze e meia, todo mundo já foi para cama, exceto os dois, que é como Marty previu que seria. E apesar de tio Al ainda não acreditar, ele trouxe não uma, mas duas armas escondidas embaixo do casaco. A que tem duas balas de prata ele entrega para Marty sem dizer nada depois que a família vai dormir (para deixar as coisas bem claras, a mãe de Marty bate a porta de seu quarto com força quando vai se deitar). A outra está cheia de balas convencionais... mas Al acha que, se um maluco invadir a casa hoje (e, como o tempo passa e nada acontece, ele começa a duvidar cada vez mais disso), a Magnum .45 vai impedi-lo.

Agora, na TV, estão mostrando a imagem da grande bola iluminada no alto do Allied Chemical Building na Times Square. Os últimos minutos do ano estão passando. A multidão comemora. No canto oposto à TV, a árvore de Natal dos Coslaw está secando, ficando meio marrom, parecendo tristemente desnudada de seus presentes.

— Marty, nada... — começa tio Al, e nessa hora o janelão da sala explode em uma chuva de vidro, deixando o vento sombrio e uivante de fora entrar, rodopiando montinhos de neve branca... e a Besta entra.

Al fica paralisado por um momento, paralisado de horror e descrença. A Besta é enorme, com mais de dois metros de altura, apesar de estar encolhida de uma forma que as patas da frente quase arrastam no tapete. O único olho verde (*exatamente como Marty falou*, pensa ele, atordoado, *tudo como Marty falou*) brilha com percepção terrível e retumbante... e se fixa em Marty, sentado na cadeira de rodas. A criatura avança para o garoto, com um uivo de triunfo explodindo do peito e passando pelos enormes dentes amarelados.

Com calma, a expressão do rosto mal se modificando, Marty levanta a pistola. Ele parece muito pequeno na cadeira de rodas, as pernas como varetas dentro da calça jeans macia e surrada, os chinelos forrados de pele em pés que passaram a vida toda paralisados e sem sensibilidade. E, incrivelmente, acima dos uivos loucos do lobisomem, acima do grito do vento, acima dos ruídos e barulhos de seus pensamentos trôpegos sobre aquilo estar acontecendo em um mundo de pessoas reais e coisas reais, acima disso tudo, tio Al ouve o sobrinho dizer:

— Pobre reverendo Lowe. Vou tentar libertar você.

E, quando o lobisomem salta, a sombra de uma mancha no tapete, as mãos com garras esticadas, Marty dispara. Por causa da pouca carga de pólvora, a arma faz um estalo quase insignificante. Parece uma espingarda de ar comprimido.

Mas o rugido de fúria do lobisomem fica ainda mais alto, agora um grito lunático de dor. Ele tomba contra a parede, e seu ombro abre um buraco no gesso. Um quadro da Currier & Ives cai na cabeça da criatura, desliza na pelagem grossa das costas e se estilhaça na hora que o lobisomem se vira. Escorre sangue pela cara selvagem e peluda, e o olho verde parece descontrolado e confuso. Ele cambaleia na direção de Marty, rosnando, as mãos com garras se abrindo e fechando, o maxilar soltando espuma manchada de sangue. Marty segura a arma com ambas as mãos, da forma como uma criança pequena segura um copo. Ele espera, espera... e, quando o lobisomem pula de novo, dispara. Magicamente, o outro olho da criatura se apaga como uma vela em uma ventania! A Besta grita de novo e cambaleia, cega agora, na direção da janela. A nevasca sacode as cortinas e elas se enrolam em sua cabeça. Al vê flores de sangue começarem a brotar ao redor da cabeça da criatura, e, na mesma hora, a grande bola iluminada começa a descer na haste na TV.

O lobisomem cai de joelhos quando o pai de Marty, de olhos arregalados e usando um pijama amarelo espalhafatoso, entra na sala. O Magnum .45 ainda está no colo de Al. Ele nunca chegou a erguê-lo.

Agora, a Besta desaba... treme uma vez... e morre.

O sr. Coslaw fica olhando, boquiaberto.

Marty se vira para tio Al com a arma ainda fumegante nas mãos. Seu rosto parece cansado... mas em paz.

— Feliz Ano-Novo, tio Al — diz ele. — Está morta. A Besta está morta.

Então ele começa a chorar.

No chão, embaixo do emaranhado da melhor cortina branca da sra. Coslaw, o lobisomem começou a se transformar. O pelo que cobria o rosto e o corpo parece estar *entrando* na pele, de alguma forma. Os lábios, repuxados em um rosnado de dor e fúria, relaxam e cobrem dentes que diminuem de tamanho. As garras derretem magicamente e viram unhas... unhas pateticamente roídas.

O reverendo Lester Lowe está ali deitado, envolto em uma mortalha de cortina ensanguentada, com neve voando ao redor em padrões aleatórios.

Tio Al vai até Marty e o consola, enquanto o pai fica olhando para o corpo nu no chão e a mãe de Marty, segurando a gola do roupão, surge na sala. Al abraça Marty com força, muita força.

— Você agiu bem, garoto — sussurra ele. — Eu te amo.

Lá fora, o vento uiva e grita contra o céu cheio de neve, e, em Tarker's Mills, o primeiro minuto do novo ano vira história.

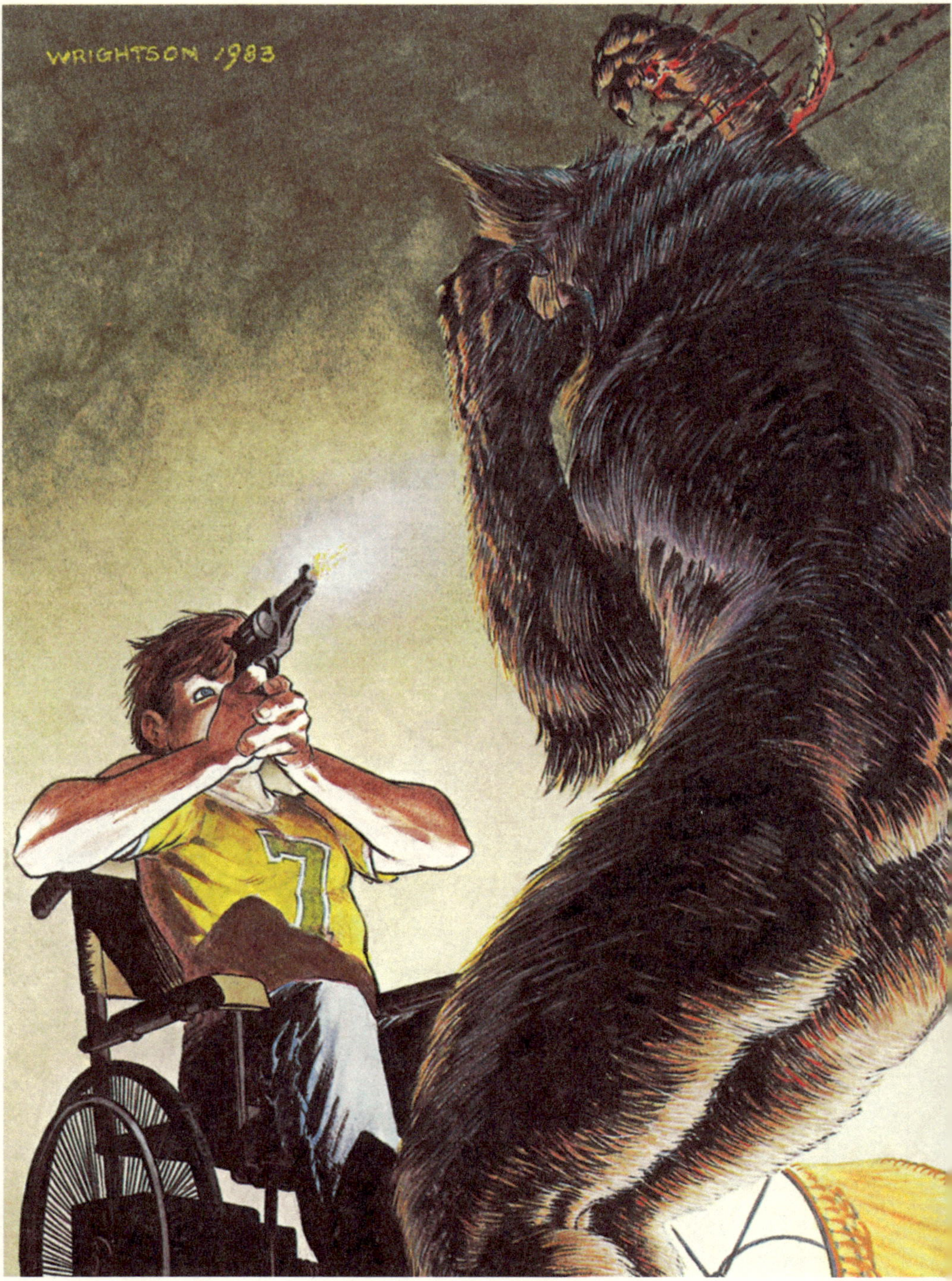
WRIGHTSON 1983

Posfácio

Qualquer observador dedicado da lua vai perceber que, independentemente do ano, eu tomei muitas liberdades com o ciclo lunar — normalmente para tirar vantagem dos dias (Valentine's Day, o Quatro de Julho etc.) que "marcam" certos meses nas nossas mentes. Para os leitores que acharam que eu não sabia das coisas, eu garanto que sabia... mas a tentação foi grande demais para resistir.

Stephen King
4 de agosto de 1983

Quatro versões para uma mesma história

Para esta edição especial, pedimos que quatro ilustradores brasileiros escolhessem e representassem sua cena preferida de *A hora do lobisomem*. Suas versões estão a seguir.

Giovanna Cianelli

A relação entre sagrado e bizarro é um tema que sempre chamou minha atenção nas obras do King. Em *A hora do lobisomem*, a passagem que descreve o sonho delirante do reverendo Lowe é a essência do que mais me encanta no terror: o medo que sentimos dos outros é reflexo do que está adormecido em nós.

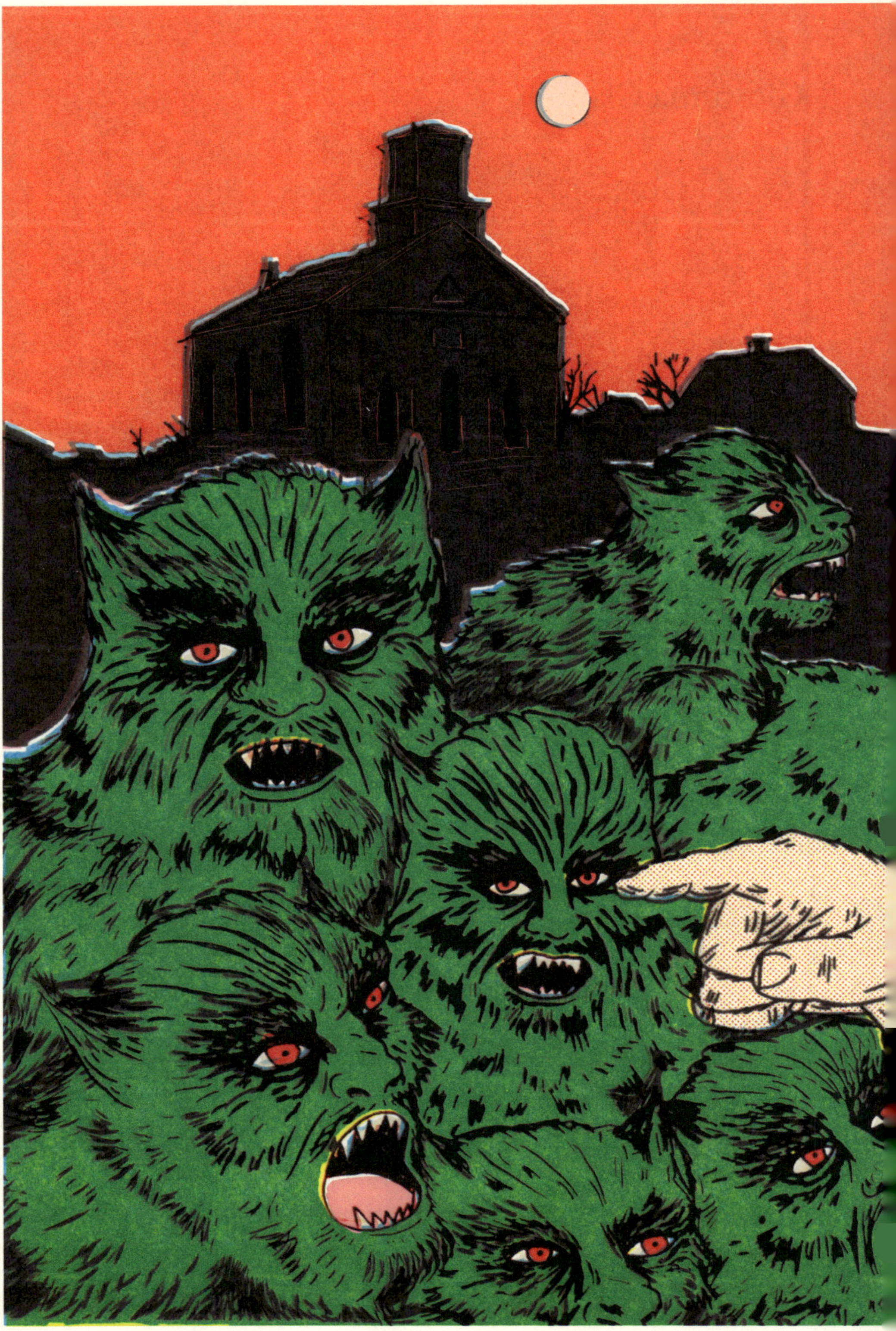

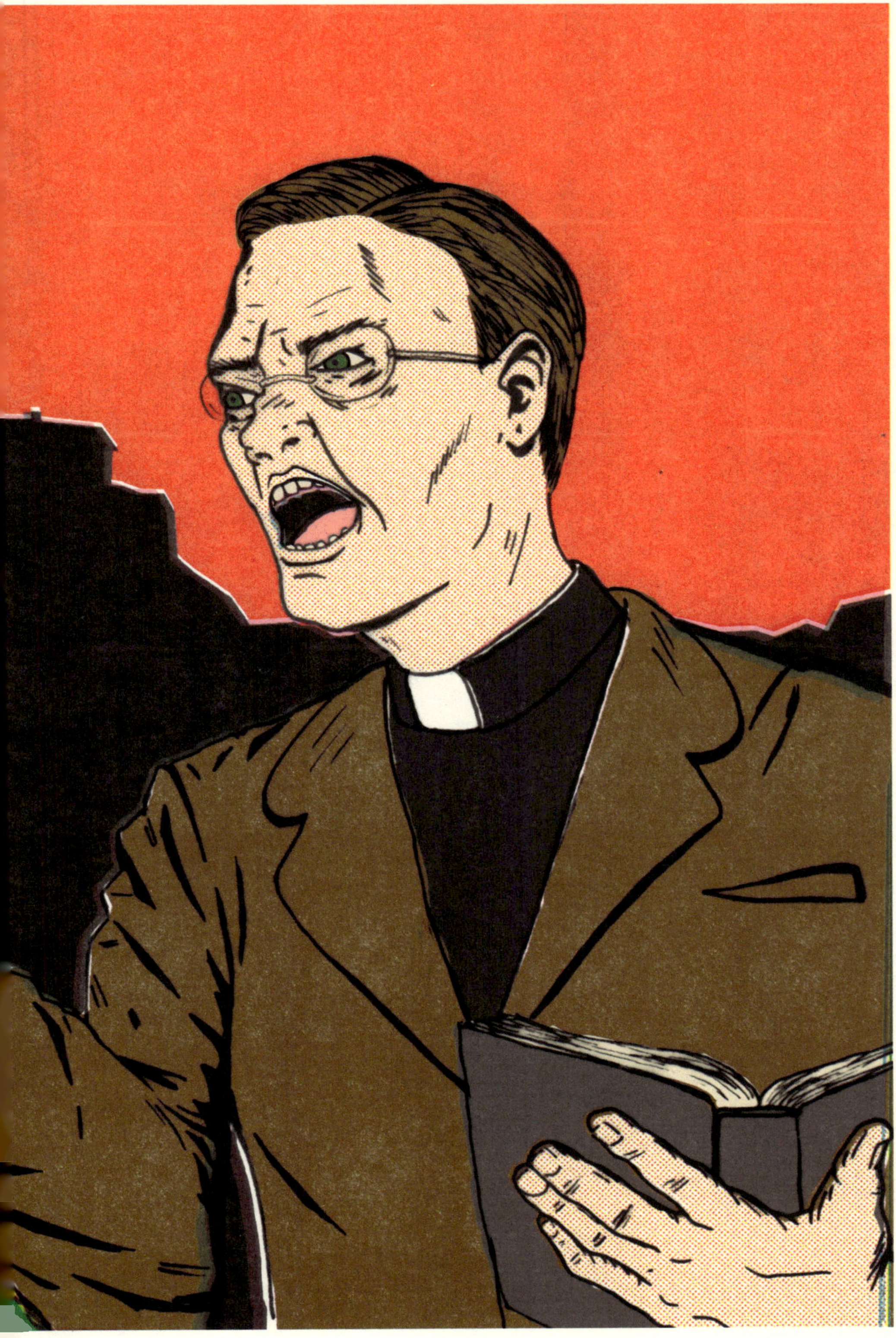

Rafael Albuquerque

Conheci o trabalho de Stephen King em 2009, quando tive a oportunidade de desenhar uma história escrita por ele. Li tudo o que pude, não queria fazer feio com ele, e trabalhamos muito bem juntos. Poder agora voltar ao universo King e colaborar com esta ilustração foi ótimo. O que mais me fascina no terror é a ideia da sugestão, que estimula a imaginação do leitor e o faz pensar nas coisas mais assustadoras possíveis. Foi o que tentei fazer nesta imagem. Só a silhueta sangrenta do lobisomem saindo da picape passa uma sensação mais forte e impressionante do que a própria ação dentro do carro.

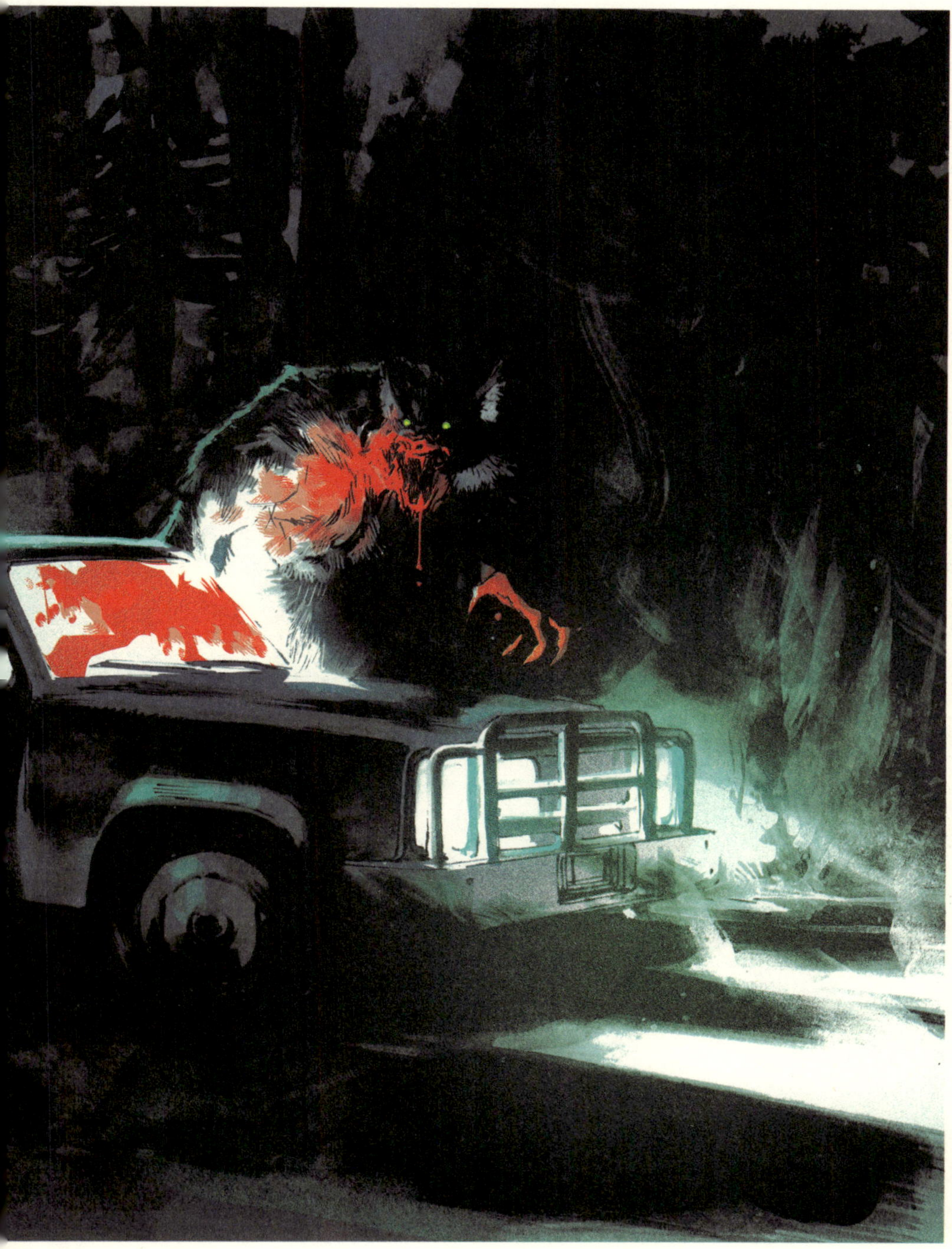

Rebeca Prado

O pequeno Marty ganhou meu coração assim que li as primeiras linhas do capítulo. Sua tristeza genuína pelo cancelamento da festa do Quatro de Julho e sua alegria pueril pela possibilidade de comemorá-lo o tornaram um personagem absolutamente cativante. Marty consegue se divertir sozinho, o que é uma característica excelente, além de ser determinado, bem resolvido, autossuficiente e ligeiramente rebelde. Ah, e um detalhe importante: ele também consegue sobreviver a ataques de lobisomens.

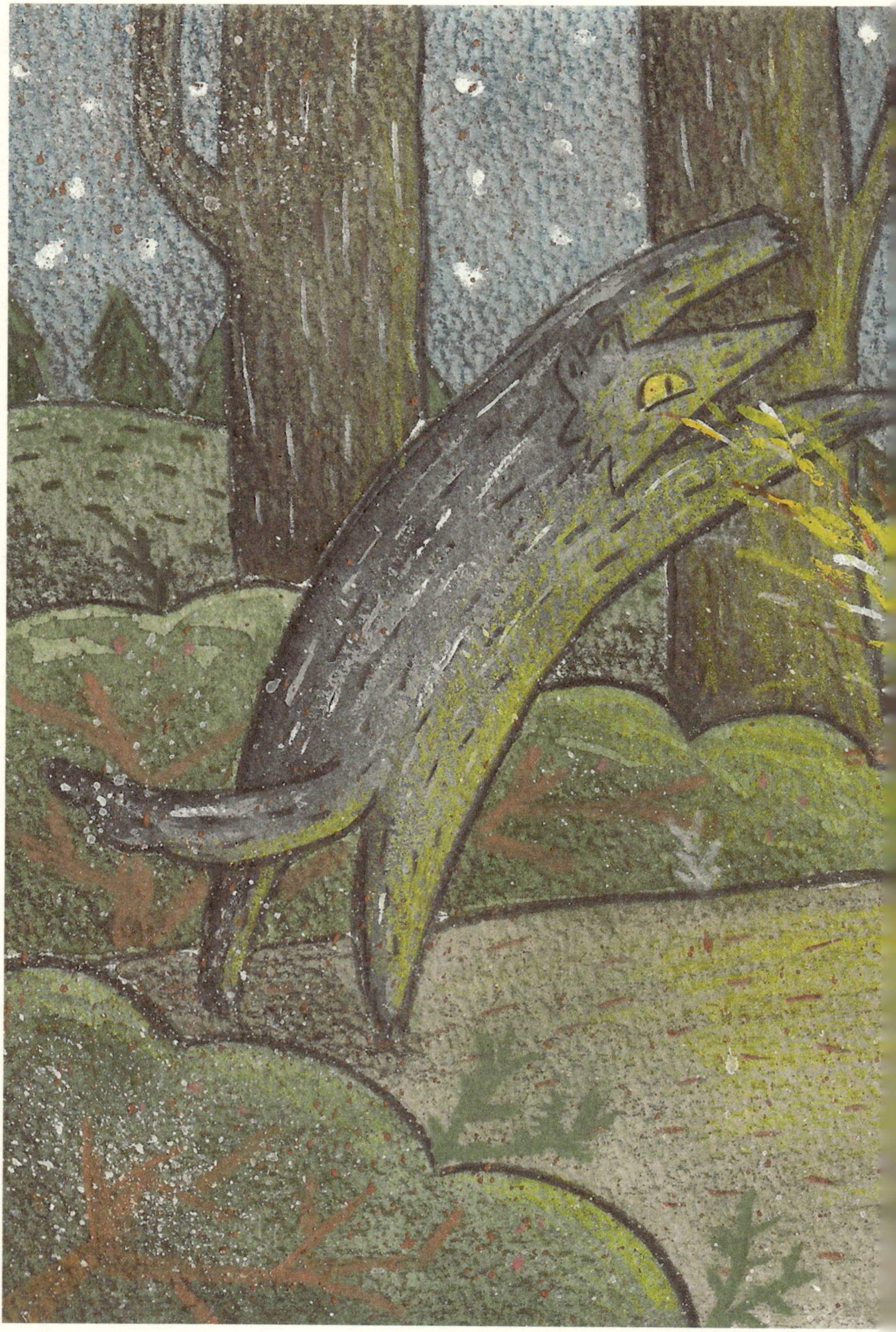

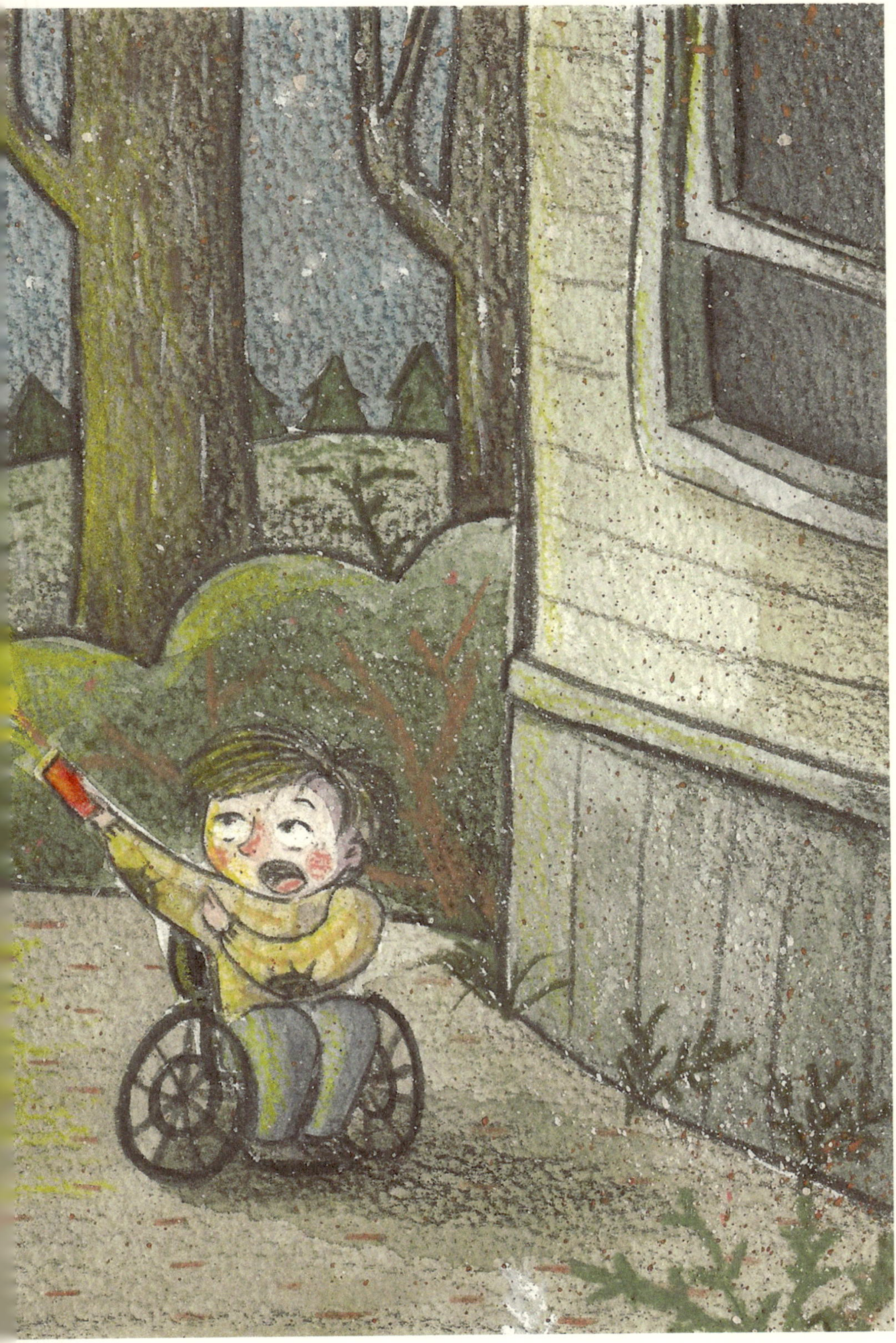

Lucas Pelegrineti

Descobrir que quem enfrentará o lobisomem é um menino numa cadeira de rodas que não consegue se relacionar facilmente com as pessoas me levou de volta aos meus primeiros desenhos, quando eu também era um moleque que não me relacionava tão bem com o mundo. Inventava monstros, feras e vilões só para depois criar os heróis improváveis que iriam confrontá-los. Decidi ilustrar a batalha final porque, quando lemos histórias sobre garotos confrontando bestas enormes, nos sentimos mais corajosos para encarar nossos próprios monstros.

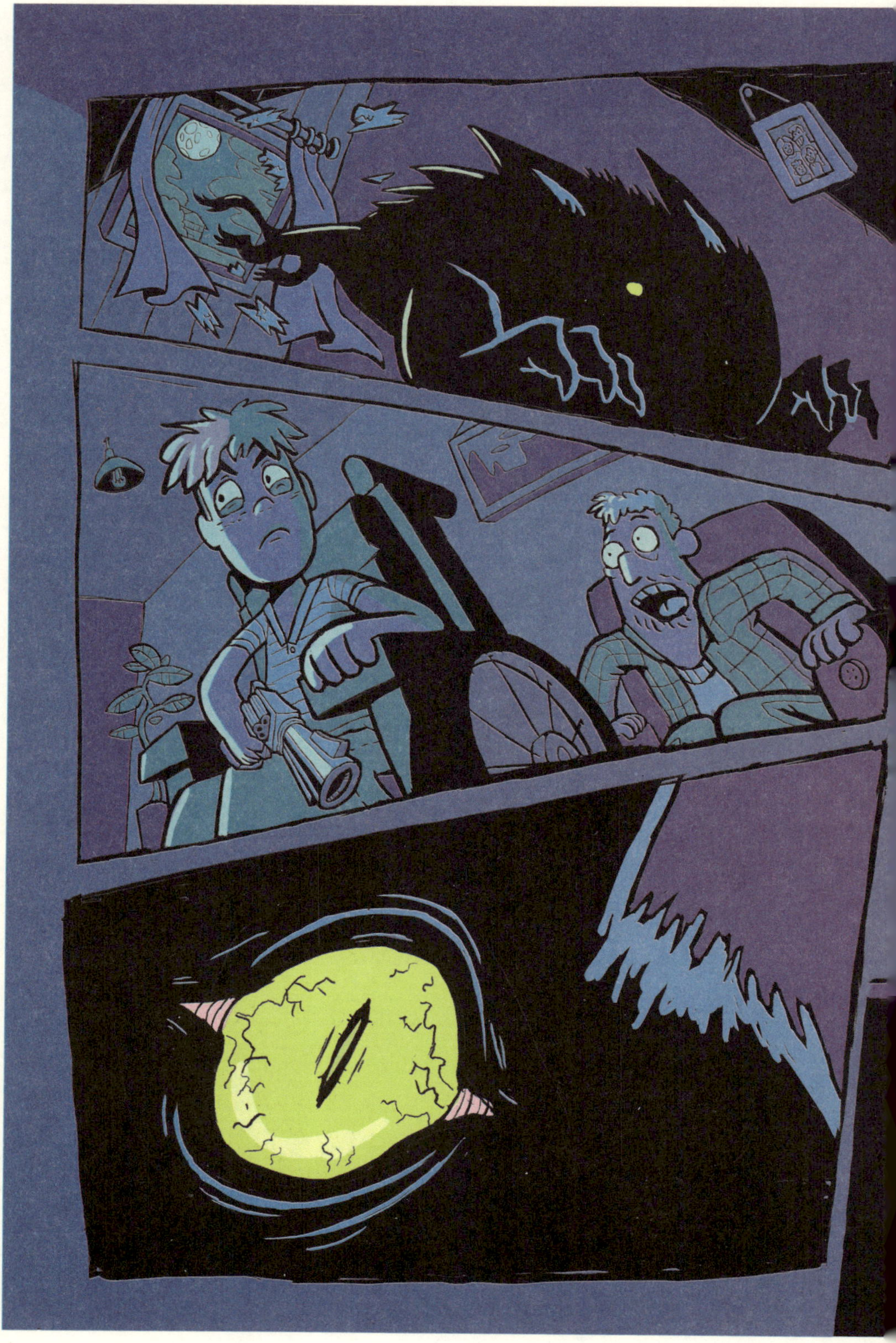

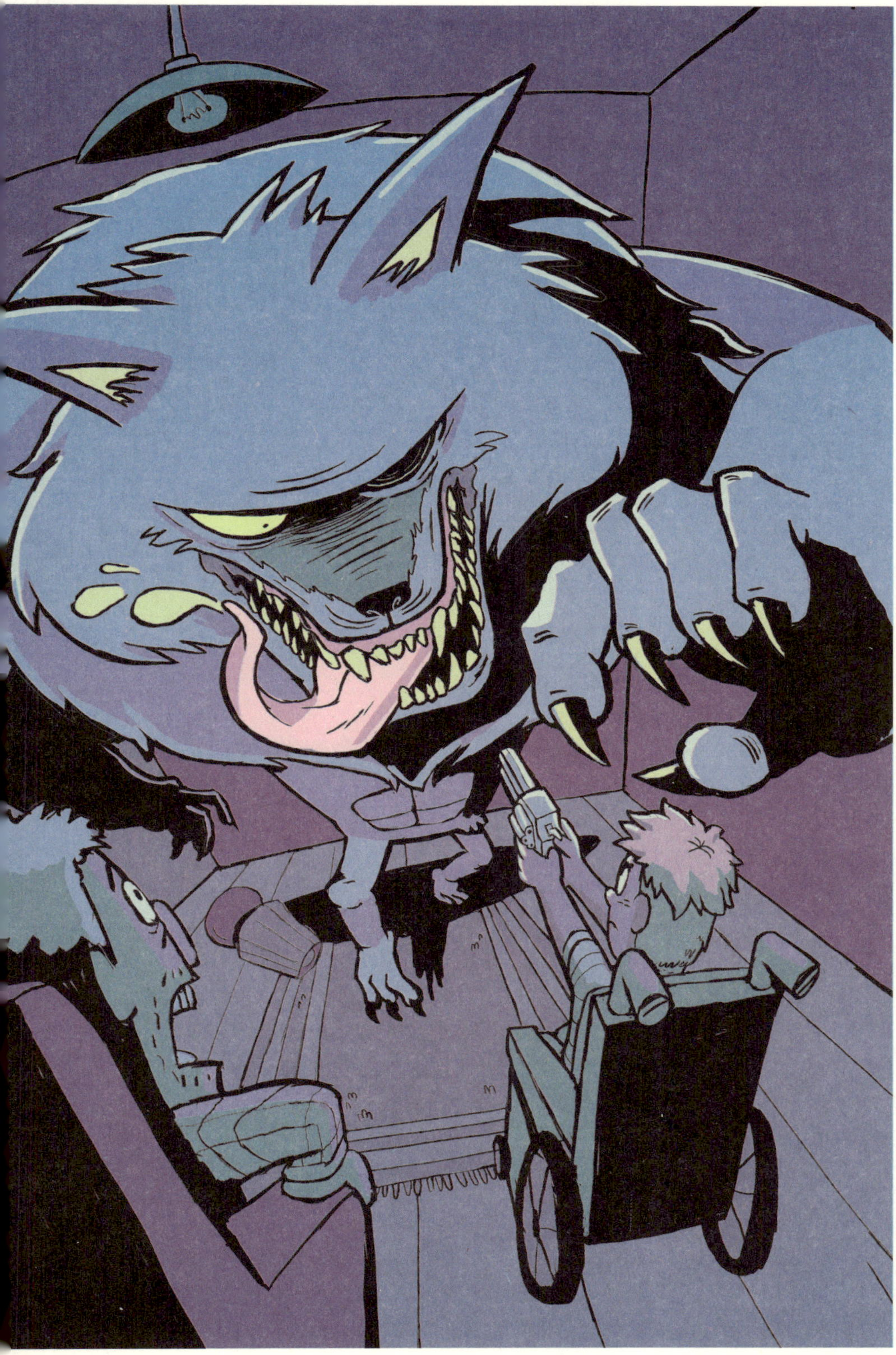

Sobre os ilustradores

BERNIE WRIGHTSON nasceu em 1948 em Baltimore, Estados Unidos, e é um dos desenhistas mais famosos dos quadrinhos. Ele foi cocriador de "O monstro do pântano" e trabalhou em séries do Homem-Aranha, Batman e O Justiceiro, entre outras. Sua colaboração com Stephen King inclui diversas obras, como a série A Torre Negra, *Buick 8* e *A dança da morte*. Entre seus admiradores estão Joss Whedon, Neil Gaiman e Guillermo Del Toro. Ele também participou da criação artística de filmes como *Os Caça-fantasmas*, *Terra dos mortos*, *O nevoeiro* e *Creepshow* (os dois últimos adaptações cinematográficas de obras de Stephen King). Bernie faleceu em março de 2017.

GIOVANNA CIANELLI é designer e ilustradora, e vive entre Rio de Janeiro e São Paulo. Apesar de nunca ter escolhido conscientemente, o universo do terror é algo recorrente em seu trabalho. Nas horas vagas, alimenta seu podcast, o *Flesh World Radio*.

RAFAEL ALBUQUERQUE é um quadrinista gaúcho que trabalha na indústria norte-americana desde 2005. Entre seus trabalhos mais conhecidos estão *Animal Man*, *Wolverine*, *Mondo Urbano* e, mais recentemente, *Eight* e *Batgirl*. Foi o vencedor dos prêmios Eisner e Harvey em 2011, pela série *Vampiro Americano*, escrita por Scott Snyder e Stephen King.

REBECA PRADO é ilustradora e quadrinista mineira. Estudou cinema de animação na UFMG e se formou em 2013. No mesmo ano, começou a publicar algumas tirinhas de humor na internet, que foram reunidas no livro *Navio Dragão*, lançado de forma independente em 2015. Em 2016, também de forma independente, lançou *Baleia #3*.

LUCAS PELEGRINETI nasceu em Niterói, estudou design e hoje trabalha com ilustração e séries de animação. Seu curta *Tanto faz* foi premiado no Anima Mundi. Mantém sempre um caderno de desenho à mão.

Sobre o autor

STEPHEN KING é autor de mais de cinquenta livros best-sellers no mundo. Os mais recentes incluem *Mr. Mercedes* (vencedor do Edgar Award de melhor romance, em 2015), *Achados e perdidos, Último turno, Revival, Escuridão total sem estrelas* (vencedor dos prêmios Bram Stoker e British Fantasy), *Doutor Sono, Sob a redoma* (que virou uma série de sucesso na TV) e *Novembro de 63* (que entrou no TOP 10 dos melhores livros de 2011 na lista do New York Times Book Review e ganhou o Los Angeles Times Book Prize na categoria Terror/Thriller e o Best Hardcover Novel Award da organização International Thriller Writers). Em 2003, King recebeu a medalha de Eminente Contribuição às Letras Americanas da National Book Foundation e, em 2007, foi nomeado Grão-Mestre dos Escritores de Mistério dos Estados Unidos. Ele mora em Bangor, no Maine, com a esposa, a escritora Tabitha King.

1ª EDIÇÃO [2017] 8 reimpressões

ESTA OBRA FOI COMPOSTA POR OSMANE GARCIA FILHO EM WHITMAN
E IMPRESSA EM OFSETE PELA LIS GRÁFICA SOBRE PAPEL PÓLEN BOLD DA
SUZANO S.A. PARA A EDITORA SCHWARCZ EM JANEIRO DE 2024

A marca FSC® é a garantia de que a madeira utilizada na fabricação do papel deste livro provém de florestas que foram gerenciadas de maneira ambientalmente correta, socialmente justa e economicamente viável, além de outras fontes de origem controlada.